Ivo Steinacker

Flugschriften

Signale der Zeit

Drei Reden an die Deutschen

Flugschrift 1

Es ist Zeit für Deutschland wieder aufzustehn
Variationen über ein Thema
von Frederic Forsyth

Flugschrift 2

Deutschland schafft sich nicht ab
Ein deutsches Lesebuch

Flugschrift 3

Blitz und Donner zur Vertreibung der Finsternis
Reden an die Machthaber

Bibliografische Information der Deutschen Nationalbibliothek.

Die Deutsche Nationalbibliothek verzeichnet diese Publikation in der Deutschen Nationalbibliografie; detaillierte bibliografische Informationen sind im Internet unter http//dnb.d-nb.de oder http//dnb.ddb.de oder http://dnb.d-nb.de abrufbar.

ISBN 978-3-7322-0773-2

©2013 Ivo Steinacker

Herstellung und Verlag: BoD – Books on Demand, Norderstedt

Alle Rechte vorbehalten. Vervielfältigungen, auch auszugsweise, nur mit schriftlicher Genehmigung des Copyright-Inhabers.

Diese Schrift wurde gesetzt: Text in Tahoma 9pt und größer
Zitate in Arial 10pt und größer
Eine Sonderzeile in Bookman Old Style 12pt

Einband-Illustration: Lizenz von Fotolia Bilddatenbank

Diese Reden sind kurz: Übersicht

Flugschrift 1: Erste Rede an die Deutschen:
Es ist Zeit für Deutschland wieder aufzustehn

(1) Es ist Zeit für Deutschland wieder aufzustehn. Eine Einführung
(2) Der Weg in die Katastrophe – das kurze Argument
(3) Rede für die Zukunft. Was muss anders werden?
(4) Rede an die junge Generation – die Unzufriedenen
(5) Wie wird es weitergehen? Zusammenfassung und Fazit

Flugschrift 2: Zweite Rede an die Deutschen:
Deutschland schafft sich nicht ab

(6) Der Weg in die Katastrophe – das volle Argument
(7) Rede an die Älteren – die sich gesichert glaubten
(8) Wie muss es weitergehen? Fazit und Zusammenfassung
(9) Vorschau: Reden an die Machthaber

Flugschrift 3: Dritte Rede an die Deutschen:
Blitz und Donner zur Vertreibung der Finsternis
Reden an die Machthaber

(10) Warum Blitz und Donner zur Vertreibung der Finsternis?
(11) Rede an die Türken in Deutschland und in der Türkei
(12) Rede an die Christenheit aller Denominationen
(13) Rede an die Verantwortungslosigkeit der Politiker und der „Gutmenschen"
(14) Rede an die arabische Revolution (und nicht den „Frühling")
(15) Rede an die Großkonzerne und Manager
(16) Rede an die Finanzbarone, Hedgefonds und Hungermörder
(17) Rede an das Bildungssystem der Untertanenzüchter
(18) Rede an die Informatiker oder die neuen weißen Götter
(19) Rede an die Mediziner oder die Menschenreparierer
(20) Rede an die Anderen: USA und China
(21) Beschluss des Ganzen – (wie bei J. G. Fichte): Die Großen Reformen

> ***Alles was wir tun oder lassen, bringt uns auf den Punkt, wo wir gerade stehen müssen.***
>
> H. Bertleff, „Das Jahr des Herrn von B." (1969)

> ***It takes great courage to back truth unacceptable to our times.***
>
> John Steinbeck, "East of Eden" (1952)
>
> ***Es braucht sehr viel Mut, eine Wahrheit zu vertreten, die unserer Zeit nicht akzeptabel ist.***

Wir haben dieses Zitat aus dem angelsächsischen Kulturkreis mit Absicht gewählt. Über lange Zeiten war dieser Kulturkreis die Heimat der freien Rede. Und genau daran liegt uns: An der Kultur der freien Meinungsäußerung. Im Gegensatz zu dieser Kultur leben wir heute in einer autokratischen und totalitären Demokratur, der „political correctness" und des „vorauseilenden Gehorsams". Die Kunst der Toleranz, mit Menschen anderer Meinung umzugehen, ist verloren gegangen. Sie ist ersetzt worden durch indolente Aggressivität und geistig und sachlich primitive Heuchelei.

John Steinbeck ist einer der größten amerikanischen Schriftsteller des zwanzigsten Jahrhunderts. In "East of Eden" zeichnet er das Bild des Salinas-Tales in Kalifornien zur Zeit der amerikanischen Besiedlung, im neunzehnten und zu Beginn des zwanzigsten Jahrhunderts.

Zu seiner Zeit war Amerika noch das Land, wo man Wahrheiten sagen konnte.

> ***Weißt du nicht, mein Sohn, mit wie wenig Weisheit die Welt regiert wird?***

Kanzler des schwedischen Königs Gustav Adolf II., Axel Oxenstjerna, (1583-1654) in einem Brief an seinen Sohn aus dem Jahr 1648.

Ivo Steinacker

Flugschrift 1

Signale der Zeit

Erste Rede an die Deutschen

In memoriam Stéphane Hessel (1917-2013)

Es ist Zeit für Deutschland wieder aufzustehn!
Variationen über ein Thema von Frederic Forsyth!

Es genügt nicht, sich zu empören!
Alle müssen wir handeln!
Es muss ein Ende sein!
Es muss ein neuer Anfang sein!

Und mit Zuversicht in die eigene Kraft
wird es gelingen,
dass Deutschland wieder aufsteht!

Aber wir sagen gleich dazu: wenn wir
Deutschland sagen,
meinen wir damit auch immer:

Europa,

aber ein Europa der Vaterländer!

Und das ist ein geistiges
und kulturelles Prinzip, nicht allein ein
machtpolitisches oder verwaltungstechnisches!

Vorwort

Dieser Text, in drei Teilen, ist eine Flugschrift. Das unterscheidet ihn von anderen Publikationen, die als Artikel oder rein als Argumentation oder Diskurs zu einem bestimmten Thema gedacht worden sind.

Eine Flugschrift muss wohl sachlich sein, aber sie will den Leser nicht nur informieren, sondern auch bewegen und motivieren. Bewegen kann man aber Menschen nur mit Respekt für vier Prinzipien:

- **Echtheit**
- **Empathie**
- **Transparenz**
- **Zuwendung**

Echtheit bedeutet, dass der Verfasser von seinem Anliegen überzeugt sein muss, aber auch die nötige Kompetenz besitzt, um sich überzeugend auszudrücken. Das schlägt sich in einer selbstsicheren Persönlichkeit nieder.

Empathie bedeutet, dass der Verfasser keinen Fließtext anbietet, sondern einen strukturierten Layout, in dem durch Schriftgrößenwechsel und Zentrierung wichtige Passagen herausgehoben und tragende Aussagen und Schlussfolgerungen auch wiederholt werden.

Transparenz bedeutet, dass Aussagen und Behauptungen immer begründet und Zitate, soweit sie nicht allgemein bekannt sind, auch belegt werden.

Zuwendung bedeutet, dass der Verfasser sich auf den potentiellen Leser, seine Grundvorstellungen, aber auch seine Sorgen und Ängste einstellt, diese ernst nimmt und darauf eingeht. Nur damit kann die Absicht der „Flugschriftsteller" erreicht werden, nämlich

Veränderung zu bewirken.

Diese Schriften sind eine Übung zu den Themata des Engländers Frederick Forsyth in „Es ist Zeit für Deutschland, wieder aufzustehn", zur deutschen Nationalität als solcher, und im Rahmen der Europäischen Union. Wir arbeiten nur seine Neuordnungsvorschläge genauer aus. Darüber hinaus sind unsere Texte ein Reflex auf die Schriften des französischen Diplomaten Stéphane Hessel,

« Indignez vous » und « Engagez vous » ;
„Empört euch"   und   „Engagiert euch".

Unsere Schriften enthalten auch Zitate nicht nur in deutscher Sprache (mit Übersetzung). Damit sind sie eigentlich auch europäische Bücher.

(1) Es ist Zeit für Deutschland wieder aufzustehn. Eine Einführung

Es genügt nicht, sich zu empören! Alle müssen wir handeln!

Es muss ein Ende sein! Es muss ein neuer Anfang sein!

Man hat die Deutschen das „Volk der Dichter und Denker" genannt.

Das war vom Standpunkt der Völker Europas nicht nur Lob und Anerkennung, sondern auch ein wenig Herablassung: Ein Volk der Dichter und Denker würde nicht einfach nach Macht streben, sei es auf dem Gebiet der internationalen Politik oder auf dem Gebiet der internationalen Wirtschaft. Der deutsche Michel mit der Zipfelmütze war harmlos.

Das war ein folgenschwerer Irrtum. Seit mit der Einigung „Kleindeutschlands" um die Mitte des neunzehnten Jahrhunderts und dann mit dem Durchschlagen der Ersten Industriellen Revolution zunächst die deutsche Industrie und Wirtschaft eine Spitzenstellung erreicht hatte, kam im letzten Drittel die Erstarkung der politischen und militärischen Macht Deutschlands hinzu, demonstriert durch den Sieg im deutsch-französischen Krieg von 1870/71.

Die anderen starken Völker Europas, England und Frankreich, hatten ihre politische Stabilität bereits wesentlich früher erreicht und daher kam auf, wenn auch erst im 20. Jahrhundert, von Helmuth Plessner, (1892-1985) die Bezeichnung für Deutschland als

„verspätete Nation".

(Im Jahr 1935.) Diese späte Einigung ist ein historisches und nicht wegzuleugnendes Faktum. Und: Ein bedeutender Staatsmann der heutigen Zeit hat bekanntlich gesagt:

„Wer zu spät kommt, den bestraft das Leben."

Deutschland kam zu spät, und es ist bitter bestraft worden.

Nach dem Ersten Weltkrieg ist es zu Boden getreten worden, denn der Krieg ging darum, die Wirtschaftsmacht Deutschlands zu zerstören, nicht so sehr gegen Kaiser Wilhelm II. oder den preußischen Generalsta
Nach dem Zweiten Weltkrieg hat man Deutschland ein Drittel seiner Landfläche genommen und mit dem „Morgenthau-Plan" beabsichtigt, aus Deutschland einen Agrarstaat zu machen,

und nur die Geopolitik kam dazwischen.

Denn die Rote Armee stand an der Elbe, nicht mehr weit von Rhein und Atlantik.
Und die Westmächte bekamen es mit der Angst zu tun.

Ein Macht- und Wirtschaftsvakuum in der Mitte Europas war zu gefährlich.
Daher Marshallplan, Wirtschaftswunder und Wiederbewaffnung. Jetzt sind wir Exportmeister, sind wir stärker geworden denn je zuvor. Mit zwei Weltkriegen ist es also nicht gelungen, uns zu Boden zu ringen, die Kraft unseres Volkes zu brechen.

Aber die Angst vor Deutschland wurde wieder lebendig nach der Wiedervereinigung 1989/1990.
Das „German-bashing" (das Eindreschen auf Deutschland) wurde wieder modern.

Und jetzt scheint es plausibel, zu erkennen, dass viel subtilere Methoden eingesetzt werden sollen, um Deutschland im Mark zu schwächen. Und davon handelt diese Schrift. Um allen diesem entgegen zu wirken, fehlt uns nur eines:

Die Zuversicht in die eigene Kraft.

Deswegen hören wir auf unseren größten und bedeutendsten Dichter und Denker, der immer mit unbestechlicher Klarheit gesagt hat, worauf es ankommt:

Feiger Gedanken
bängliches Schwanken
wendet kein Elend,
macht dich nicht frei.
Allen Gewalten
zum Trotz sich erhalten;
nimmer sich beugen,
kräftig sich zeigen.
Rufet die Arme
der Götter herbei.

Johann Wolfgang v. Goethe, Singspiel „Lila", 2. Aufzug, 1777.

Und dazu sagt uns ein Engländer genau das Richtige:

Erstes Zitat aus einem Beitrag in **FOCUS** 34/2010, p. 56/57, von Frederick Forsyth:

„Es ist Zeit für Deutschland, wieder aufzustehn."

Der Deutschen Wunsch. Zitat:

„Ich bin Deutsche(r), und ich schäme mich nicht dafür. Ich möchte in einem souveränen, demokratisch regierten Staat leben. Und außerdem möchte ich mein Heimatland wiederhaben."

(Ende des Zitates.)

Und wenn wir „Deutsche" meinen, dann nicht nur die Bürger der Bundesrepublik. In unserem Sinne reicht Deutschland so weit, wie die deutsche Zunge gilt, denn wir werden alle betroffen sein von dem was geschieht, gleichgültig in welchem Staat wir leben. Denn wir sind, auch gleichgültig in welchem Land, alle von denselben Gefahren bedroht. Und eigentlich denken wir dabei auch an das ganze Europa. Den obigen Satz muss uns ein Engländer sagen, Frederick Forsyth, und er sagt im zweiten Zitat noch viel mehr (das wir später heranziehen), und sagt es noch viel deutlicher. Frederick Forsyth ist ein auch in Deutschland bekannter Schriftsteller, Publizist und Historiker. Eines seiner ersten Werke war 1971 „Der Schakal", die fast wahre Geschichte eines versuchten Attentats auf General Charles de Gaulle, damals französischer Staatspräsident.

Sind wir Deutschen wirklich so schwach, so zu Boden gedrückt, dass wir es nicht mehr wagen, der Wahrheit in die Augen zu schauen?

Es genügt nicht, sich zu empören! Alle müssen wir handeln! Es muss ein Ende sein! Es muss ein neuer Anfang sein!

Wir haben uns entschlossen, das Allerunwahrscheinlichste zu sagen:

Im fünften vorchristlichen Jahrhundert hat der griechische Historiker Herodot, der „Vater der Geschichtsschreibung" (~484-425 vor Chr.), aus dem persischen Großreich des Königs Dareios I. berichtet, die jungen Männer seien damals in drei Dingen unterrichtet worden:

Reiten, Bogenschießen und . . . die Wahrheit sagen!

Ihr, junge Männer, und heute auch, ihr jungen Frauen, müsst mehr und Verschiedenes als nur Reiten und Bogenschießen lernen. Aber die Forderung, zu lernen, immer das Allerunwahrscheinlichste zu tun, nämlich die Wahrheit zu sagen, ist unveränderlich geblieben. Denkt daran:

Die Wahrheit sagen. Und die Wahrheit ist unteilbar.

Nämlich die Wahrheit, wie mit Deutschland, und den Menschen in Deutschland, umgesprungen wird und – was dagegen zu tun ist. Das wird uns viele Feinde eintragen.

Viel' Feind, viel' Ehr'.

Wir nehmen dieses Risiko auf uns. Wir wollen das Gedächtnis, das Gewissen und den Willen der Deutschen aufrütteln, damit sie endlich erkennen, was ihnen an Willkür zugedacht wird, und was sie tun müssen, um als Volk zu überleben.

Wir werden Deutschland die Würde und den Respekt zurück geben, die es verdient. Die mutige Florentiner Journalistin Oriana Fallaci (1929-2006) hat eine Begründung dafür gefunden:

"Ci sono momenti nella Vita, in cui tacere diventa una colpa e parlare diventa un obbligo. Un dovere civile, una sfida morale, un imperativo categorico al quale non ci può sottrarre."

„Es gibt Momente im Leben, wo Schweigen zur Schuld und Reden zur Verpflichtung wird. Zu einer Sache der Zivilcourage, einer moralischen Herausforderung, einem kategorischen Imperativ, dem wir uns nicht entziehen können."

Wir stellen uns uneingeschränkt dieser Herausforderung.

Eine solche Bewegung für das Ansehen Deutschlands gab es schon einmal. Als vor etwa zweihundert Jahren der Stern des Usurpators Napoléon Buonaparte (1769-1821) nach der Niederlage 1812 in Russland zu sinken begann, gab es in Deutschland mutige und tatkräftige Menschen, die das Schicksal der Nation in die Hände nahmen. Einer davon war Johann Gottlieb Fichte, der mit seinen „Reden an die deutsche Nation", die Geister und die Gewissen aufrüttelte. Das wird heute als Chauvinismus oder Nationalismus abgetan, und das ist falsch. Es hat sich um Patriotismus gehandelt und da ist ein gewaltiger Unterschied.

Man kann ein vergangenes Zeitalter nicht nach den Maßstäben der Gegenwart be- und verurteilen. Und man muss genau unterscheiden zwischen Chauvinismus, Nationalismus, und Patriotismus.

Patriotismus bedeutet, sein eigenes Volk zu lieben, und alle anderen zu achten.
Das ist aber ein Prinzip, das auf Gegenseitigkeit beruhen muss.

Wir nehmen die Initiative von Oriana Fallaci auf und wenden uns mit „Reden an die Deutschen". Wir schließen uns den Schriften des französischen Widerstandskämpfers, Diplomaten und Autors Stéphane Hessel (1917 – 2013) an, der gefordert hat:

« Indignez-vous » – „Empört euch"
« Engagez-vous » – „Engagiert euch",

die in Frankreich und weltweit eine unerhörte Resonanz gefunden haben. Dazu gehört, im Frühjahr 2012, seine bisher letzte Schrift,

„An die Empörten dieser Welt" (bisher nur deutsch).

Und es gibt inzwischen die Schrift einer arabischen Kämpferin, Lina ben MHENNI:

« Tunisian Girl (. . .) Blogueuse pour un printemps arabe »
„Vernetzt Euch",

die erzählt, wie sie mit Freunden und den Social Networks die Revolution in Tunesien bewirkt hat. Es gibt auch, ebenfalls als Flugschriften, die 2011 ***nicht*** gehaltene Rede von Jean Ziegler zu den Salzburger Festspielen, um den Hunger in der Welt:

„Der Aufstand des Gewissens"
und danach noch
„Wir lassen sie verhungern".

Als weitere Schrift zitieren wir jene des österreichischen Publizisten Hugo Portitsch:

„Was jetzt."

Und schließlich eine gnadenlose Abrechnung mit der Politik und der Nomenklatura der EU: Das Beispiel macht offensichtlich Schule. Hans Magnus Enzensberger.

„Sanftes Monster Brüssel oder die Entmündigung Europas."

Stéphane Hessel, kommt aus der Tradition der Résistance gegen die deutsche Okkupation im Zweiten Weltkrieg. Die Résistance war viel mehr als militärischer Widerstand. Ihre Vorstellungen zielten auf nichts weniger als auf geistige und moralische Erneuerung Frankreichs. Diese Tradition hatte dank ihres moralischen Gewichtes auch Erfolg. Erst die Wogen der Geldströme haben ihn hinweggewaschen. Wir zitieren aus der ersten Schrift:

„Noch nie war der Abstand zwischen den Ärmsten und den Reichsten so groß. Noch nie war der Tanz um das goldene Kalb – Geld, Konkurrenz, so entfesselt.

Das Grundmotiv der Résistance war die Empörung. Wir, die Veteranen der Widerstandsbewegung und der Kampfgruppen des *Freien Frankreich*, rufen die Jungen auf, das geistige und moralische Erbe der Résistance, ihre Ideale mit neuem Leben zu erfüllen und weiterzugeben. Mischt euch ein, empört euch! Die Verantwortlichen in Politik und Wirtschaft, die Intellektuellen, die ganze Gesellschaft dürfen sich nicht klein machen und kleinkriegen lassen von der internationalen Diktatur der Finanzmärkte, die es so weit gebracht hat, Frieden und Demokratie zu gefährden."

(Zitiert aus der deutschen Übersetzung.)

Diese Sätze fassen das Wesentliche zusammen: Es geht nicht allein um Reformen und Gesetze, Maßnahmen und Kampagnen, es geht um fundamentales Umdenken, um neue Paradigmata.

Auch uns geht es um die geistige und moralische Erneuerung Deutschlands.

Paradigmata (griechisch „Παραδειγματα", das „so Gesagte oder Gedachte") sind die Glaubensgewissheiten, die einer Epoche der Geschichte zugrunde liegen, die weitgehend anerkannt und sehr selten explizit diskutiert werden. Ein rein praktisches Beispiel: Vor etwas mehr als hundert Jahren war man noch allgemein der felsenfesten Überzeugung, dass der Mensch nur mit Fahrnissen „leichter als Luft", das heißt mit einem Ballon, fliegen könne. Fliegen mit Geräten „schwerer als Luft" wurde als unmöglich angesehen. Bis die Gebrüder Wilbur und Orville Wright 1904 das Gegenteil bewiesen haben. Und wir zitieren auch aus der zweiten Schrift Stéphane Hessels:

„Die (. . .) Résistance war historisch einmalig: Ein besetztes Land. Menschen, die sich gegen das Unerträgliche auflehnten. Und heute? Unerträgliches auch jetzt, und wir sollten es halten wie damals, als wir die

deutsche Besetzung, Auschwitz, den Nationalsozialismus, den Antisemitismus nicht hinnehmen wollten – mit der Vision, unser Land werde, sobald es befreit wäre, die Werte aus dem Programm des Nationalen Widerstandes für die Zukunft fortschreiben. (. . .)

Selbstverständlich hat sich seither vieles geändert. Die Werte aber, denen wir damals verpflichtet waren, sind die gleichen geblieben und gleich verbindlich: die Werte unserer Republik und der Demokratie.

Damals schloss man sich einer Widerstandsgruppe an. (. . .) Heute heißt das Nachdenken, publizieren, Politiker wählen, die hoffentlich das Richtige tun werden – kurz, sehr langfristig planen und handeln."

(Zitiert aus der deutschen Übersetzung.)

Schließlich greifen wir auch aus der dritten Schrift Stéphane Hessels ein Zitat heraus:

„Die Mehrheit der Gesellschaft ist wahrscheinlich noch nicht bereit, sich zu mobilisieren. Sie lebt noch mit dem, was sie errungen hat, und denkt sich, dass das schon genug sei. Daher brauchen wir Minderheiten, die sich empören und engagieren."

(Zitiert aus dem deutschen Text.)

Und genau das sagen auch wir:

Es genügt nicht, sich zu empören! Alle müssen wir handeln!
Es muss ein Ende sein! Es muss ein neuer Anfang sein!

Wir werden zeigen, dass es uns genau um dieses geht.

WIR WERDEN UNS ZU WORT MELDEN!

Auch hier wieder dringt das Grundthema der Melodie Stéphane Hessels durch:

Gegen Unerträgliches auch jetzt: Langfristig planen und vor allem HANDELN.

Es ist bemerkenswert festzustellen, dass fast alle diese aufrüttelnden Texte von Menschen stammen, die NICHT zu den „Jungen" gehören. Ganz im Gegenteil. Sie haben alle den Großteil des zwanzigsten Jahrhunderts am eigenen Leib und mit dem eigenen Verstand und den eigenen Emotionen erlebt und finden sich motiviert, der Jugend den Weg zu weisen, den sie einschlagen muss, um Deutschland und Europa zu retten. Auch wir gehören zu dieser Generation der Erfahrenen, und wir werden uns durch nichts davon abhalten lassen, unserer Stimme Gehör zu verschaffen.

Wie früher schon leben wir auch heute wieder in einer Zeit des Umbruchs. Vor der Haustür Europas erhebt sich ein ganzer Subkontinent in Revolution, von Marokko bis zum Jemen und nach Bahrein und ein gutes Jahr später ist nur noch ein Diktator an seinem Platz. (Dieser, Assad, in Syrien, läuft Gefahr, in einen Präzedenzfall zu stürzen: Im Jahr 168 vor Chr. war der damalige König von Assyrien, Antiochus IV., dabei, Ägypten zu erobern. Das störte Rom. Es sandte den Senator Gaius Pompilius Leonas nach Alexandria. Er zog mit seinem Stab im Sand einen Kreis um seinen Gesprächsgegner, den König, und sagte: „Du bleibst jetzt in diesem Kreis stehen, bis du dich entschieden hast, zurückzugehen!" Was er dann auch getan hat. Warum wird das nicht auf den Tyrannen von Syrien angewendet?

Dabei kann er sich ja nur mit Hilfe Russlands und Chinas halten, die im Sicherheitsrat jede Resolution verhindern, die ein Eingreifen in Syrien ermöglichen würde.

Der amerikanische Spitzendiplomat George F. Kennan (1904-2005) berichtet in seinen „Memoirs 1925-1950", man hätte versucht, 1945 bei der Gründung der Vereinten Nationen, bei den Verhandlungen in Dumbarton Oaks, eine Klausel einzufügen, des Sinnes, dass Vetomächte im Sicherheitsrat von der Stimmabgabe ausgeschlossen wären, wenn es sich um eigene Interessen handle. Bereits damals hat die seinerzeitige Sowjetunion dies zu Fall gebracht. Könnte die Generalversammlung der UNO das wieder aktivieren? Es bleibt die Frage: Warum diese Blockierung im Syrienkonflikt? Mehrere Antworten sind möglich:

- Der gegenwärtige Machthaber kauft Waffen von Russland und China.
- Russland hat einen Marinestützpunkt in Syrien.
- Assad ist der letzte Haltepunkt für Russland und China im arabischen Raum.
- Haben Russland und China Angst, die Revolution würde in ihre Länder überschwappen?
- Geht es um einen „Stellvertreterkrieg" mit dem Westen?
- Gehen die Ostmächte bewusst auf eine große Auseinandersetzung los?

Nur die Zeit wird zeigen, was tatsächlich dahintersteckt. Wie aber werden Russland und China dastehen, wenn Assad – auf welche Weise immer – fällt und beide Mächte als Komplizen bei Kriegsverbrechen und Verbrechen gegen die Menschlichkeit dastehen?

Die arabische Revolution, die sich nur mit der Französischen des Jahres 1789 vergleichen lässt, ist nicht mehr aufzuhalten. Sie ist nicht nur Gefahr, sondern eine unvergleichliche Gelegenheit, etwas in dieser Welt zum Besseren zu wenden.

Das wird klar aus den Worten eines deutschen Politikers, der Lybien sehr gut kennt und von dort 2011 zurückkam: „Wenn Europa nicht dazu sieht, dass diese Entwicklung den richtigen Weg nimmt", und wir zitieren ihn wörtlich weiter:

„dann fliegt uns die Welt um die Ohren!"

Wir haben leider nicht den Eindruck, dass Europa – oder dessen „EU" – das beherzigt. Die letzten Ereignisse, die hysterische und blutige Reaktion in den islamischen Ländern auf ein aggressives Video gegen Mohammed und den Islam aus den USA beweisen das.

Es ist noch unendlich viel Überzeugungsarbeit zu leisten, um diese Völker aus dem Zustand des Religionskrieges herauszuholen – wenn dies überhaupt möglich ist.

Aber auch in Europa und Deutschland kracht es im Gebälk:

Eine Finanzkrise jagt die andere, und jede wird schlimmer als die vorhergehende, die EU wird zur Transfer-EU, obwohl das NICHT im Lissabon-Vertrag steht, es gibt zunehmend schärfere soziale Spannungen und die Wutbürger, die „indignati" gehen zunehmend auf die Straße. Und nicht nur in Stuttgart, auch zum Beispiel in Athen und Madrid und Rom und Tel Aviv – von Arabien und New York ganz zu schweigen. Wenn man kontert, die Wirtschaft liefe wohl wieder besser, dann wird verschwiegen, dass die große Krise noch auf uns zukommt; und sie ist gerade noch um die Ecke. (Inzwischen – 2013 – ist sie wohl angekommen!) Die Finanzkrise kam über uns, weil zunächst die US-amerikanische Politik 1999 eine wesentliche Feuermauer im Bankenwesen niedergerissen hatte:

Nämlich die Trennung zwischen Wirtschaftsbanken und Investitionsbanken (eigentlich den „Spekulationsbanken"), obwohl es bereits vorher Schleichwege gab, um diese Barriere zu umgehen. Das hat eine Welle von Rücksichtslosigkeit, Geldgier und Gewissenlosigkeit ausgelöst. Doch diese Welle ist nur das Symptom. Die Krankheit heißt anders:

Verkommenheit und Dekadenz.

Verkommen ist jemand, der sein Gewissen ausschaltet, nur um seinen Leidenschaften zu frönen.

Wir sind aber nicht nur *vor* unserem Gewissen verantwortlich, wir sind auch *für* unser Gewissen verantwortlich.

Dekadenz ist ein Zustand, in dem niedrige Impulse den Menschen treiben, das Böse, das Niederträchtige zu tun, ohne sich wegen der Folgen irgendwelche Skrupel zu machen.

Die Krankheit lässt sich nicht mit Gesetzen und Vorschriften allein heilen. Wir müssen uns entschließen,

die Wahrheit zu sagen und die Wahrheit ist unteilbar. Denn: Wir haben Nichts zu verlieren, nur Alles zu gewinnen:

Das Weiterleben Deutschlands.

Seit den letzten Tagen des Oktobers 2011 sind weltweit Menschen auf die Straßen gegangen und haben demonstriert gegen die kriminellen Auswüchse des Finanzsystems, gegen die Anmaßung der Macht der Drahtzieher hinter den Kulissen, kurz:

Sie haben die Gedanken von Stéphane Hessel in Taten umgesetzt. Aber demonstrieren ist nur eins. Demonstrieren allein genügt nicht. Wir müssen uns

organisieren.

Das bedeutet eine Tugend zu pflegen, die mehr und mehr außer Gebrauch gekommen ist:

Zivilcourage.

Zivilcourage, wie sie von Oriana Fallaci gefordert wird, manifestiert sich darin, dass man einem Menschen beispringt, der in der Öffentlichkeit brutal attackiert wird, wie es schon häufig vorgekommen ist. Zivilcourage bedeutet, seine Stimme zu erheben, wenn es sich darum handelt, grobe Ungerechtigkeit oder Einschüchterung gegen Bürger anzuprangern. Zivilcourage bedeutet, den Mächtigen an den Kragen zu gehen, wenn sie, korrumpiert, gegen Gesetze verstoßen oder sie missbrauchen. Menschen, die gegen diese Missbräuche auftreten, nennen wir aus Tradition « citoyens ».

Zivilcourage verlangt gefestigte Persönlichkeiten, die keine Angst haben, sich dadurch Nachteile einzuhandeln. Der amerikanische Vorkämpfer gegen die Sklaverei, William Lloyd Garrison, (1805-1879) hat gesagt:

"I do not wish to think or speak, or write, with moderation, (. . .) I am in earnest – I will not equivocate – I will not excuse – I will not retreat a single inch – AND I WILL BE HEARD."

„Ich habe nicht die Absicht, mit Zurückhaltung zu denken, zu sprechen oder zu schreiben, (...) Es ist mir bitter ernst – ich werde die Dinge beim Namen nennen – ich werde nichts entschuldigen – ich werde keinen Zoll zurückweichen – UND ICH WERDE GEHÖRT WERDEN."

AUCH WIR werden GEHÖRT werden!

US Präsident John Fitzgerald Kennedy hat Garrisons Worte zitiert und gesprochen, bevor er 1961 nach Wien flog, um am 4. Juni mit dem Vorsitzenden Nikita Chruschtschow zu verhandeln. Wir verfügen über die Tonaufzeichnung.

Und nun verwenden wir ein Wort, das von jemandem stammt, der seinerzeit entschlossen und unnachgiebig gegen Ungerechtigkeit, Korruption und die Anmaßung der Machthaber angegangen ist. Man kann es nachlesen. In den Evangelien. Bei Matthäus:

Μετανοίετε. Metanoíete.

Das griechische Wort besteht aus zwei Teilen: „meta", das bedeutet „über etwas hinaus", so wie „Metaphysik" über die Physik hinausweist. Der zweite Teil, „noíete" ist der Imperativ des Verbums „noein", das als „denken" übersetzt wird.

Dieser Imperativ bedeutet also nicht: Tuet Buße, wie die Tabu-Übersetzung der Kirche lautet. Er bedeutet:

Denkt um. Besinnt euch. Denkt neu!

**Denkt über das Heutige hinaus!
Habt Denkmut, nicht Denkangst!
Seid denkstark, nicht denkschwach!**

Wir zitieren John Le Carré, den unvergleichlichen Spionage- und Politschriftsteller, aus „The Secret Pilgrim", p.127. Wenn auch sein Argument sich noch auf die Zeit des Kalten Krieges bezieht, muss es nicht darauf beschränkt bleiben. Unsere abendländische Gesellschaft hat heute wieder einen Feind, aber der sitzt nicht jenseits eines Eisernen Vorhanges, sondern im eigenen Land. Hier, wie auch späterhin, zuerst der englische Text:

„ (...) in the Cold War, when our enemies lied, they lied to conceal the wretchedness of their system. Whenever we lied, we concealed our virtues. Even from ourselves. We concealed the very things that made us right. Our respect for the individual, our love of variety and argument, our belief that you can govern only fairly with the consent of the governed, our capacity to see the other fellows' view – most notably in the countries we exploited, almost to death, for our own ends. In our supposed ideological rectitude, we sacrificed our compassion to the great god of indifference. We protected the strong against the weak, and we perfected the art of the public lie. We made enemies of decent reformers and friends of the most disgusting potentates. And we scarcely paused to ask ourselves how much longer we could defend our society by these means and remain a society worth defending?"

Der letzte Satz muss wiederholt werden:

"And we scarcely paused to ask ourselves how much longer we could defend our society by these means and remain a society worth defending?"

". . . and remain a society worth defending?"

Und nun die deutsche Version:

„ (. . .) wenn unsere Gegner im Kalten Krieg logen, taten sie das, um die Verderbtheit ihres Systems zu verbergen. Wann immer wir selber logen, war es, um unsere Rechtschaffenheit zu verheimlichen. Sogar vor uns selber. Wir versteckten genau die Dinge, die uns recht gaben. Unseren Respekt für das Individuum, unsere Liebe für Vielfalt und Argument, unsere Überzeugung, dass man rechtschaffen nur regieren kann mit dem Einverständnis der Regierten, unsere Fähigkeit, auch den Standpunkt eines anderen anzuerkennen – bemerkenswerter Weise in den Ländern, die wir ausgebeutet haben, fast bis zum Tode, nur zu unserem eigenen Vorteil. In unserer vorgeschobenen Rechthaberei opferten wir unser Mitgefühl dem großen Gott der Gleichgültigkeit. Wir schützten den Starken gegen den Schwachen und wir vervollkommneten die Kunst der öffentlichen Lüge. Wir machten anständige Reformer zu unseren Feinden und die verabscheungswürdigsten Potentaten zu unseren Freunden. Und wir haben kaum innegehalten, um uns zu fragen, wie lange noch wir unsere Gesellschaft mit diesen Mitteln verteidigen könnten und dabei eine Gesellschaft zu bleiben, die es wert ist, verteidigt zu werden?"

(Unsere Übersetzung).

Wir wiederholen, wie auch späterhin, den letzten Satz:

„Und wir haben kaum innegehalten, um uns zu fragen, wie lange noch wir unsere Gesellschaft mit diesen Mitteln verteidigen könnten und dabei eine Gesellschaft zu bleiben, die es wert ist, verteidigt zu werden?"

„(. . .) und dabei eine Gesellschaft zu bleiben, die es wert ist, verteidigt zu werden?"

(Ende des Zitates von John Le Carré.)

Haben wir wirklich noch eine Gesellschaft, die es wert ist, verteidigt zu werden? Und wenn wir ehrlich sind, müssen wir eigentlich NEIN sagen. Im 19. Jahrhundert erging der Ruf:

Proletarier aller Länder, vereinigt euch.

Das war die Antwort auf den seinerzeitigen Manchester-Kapitalismus. Heute lautet unser Appell anders: Es ergeht der Appell an alle Menschen, die noch nicht korrumpiert sind durch die Gehirnwäsche der großen Konzerne, mit Hilfe der Medien, er ergeht an die Menschen, die von unserem Ausbildungssystem noch nicht zu Robotern gemacht worden sind. Es ergeht der Appell an alle Menschen mit Ehrgefühl, mit Empathie, mit Anstand, mit Ehrlichkeit, mit dem Willen, aus diesem Sumpf herauszukommen:

**Mutige Menschen aller Länder, vereinigt euch!
Ihr seid Millionen. Die Drahtzieher nur einige Tausend!
Es wäre doch gelacht,
könntet Ihr ihnen nicht Paroli bieten?**

**Es genügt nicht, sich zu empören!
Alle müssen wir handeln!**

**Es muss ein Ende sein!
Es muss ein neuer Anfang sein!**

Der Anfang muss immer beim Menschen beginnen. Betrachten wir das Sozialgefüge unserer Gesellschaft, so muss uns eines auffallen: Wir werden einer Woge ausgesetzt von

sozialer Kälte. Und solche Kälte ist das Kind der Angst!

Davon später, in der Dritten Schrift. Das beginnt in der Schule schon mit Mobbing, das geht am Arbeitsplatz weiter und führt dazu, dass – nach dem, was man hört – jeder fünfte davon betroffen ist. Das ist jedoch keine Epidemie, die Menschen mit Infektionskeimen befällt. Diese Keime haben einen Namen:

Die Macher, die Manager, die (Un-)Verantwortlichen.

Selbst Maschinen fallen aus, wenn sie über Gebühr beansprucht werden. Menschen sind aber keine Maschinen. Diesem Druck zur

Vereinzelung, Entmenschlichung und Entwürdigung

der Menschen in unseren Ländern muss als am dringendsten begegnet werden. Wir werden zeigen, wie das möglich ist.

Und als unser letztes Argument nur das Eine. Es braucht kein weiteres mehr:

Wir müssen alle vom Wutbürger zum Mutbürger werden.

Schon im 19. Jahrhundert hatte eine Bewegung der Erneuerung, leider in der falschen Richtung, das Lied auf den Lippen:

Völker, höret die Signale . . .

Auch wir müssen die Signale hören, die von allen Seiten auf uns eindringen.

**Es genügt nicht, sich zu empören!
Alle müssen wir handeln!**

**Es muss ein Ende sein!
Es muss ein neuer Anfang sein!**

Und mit Zuversicht in die eigene Kraft wird es gelingen,

dass Deutschland sich nicht abschafft!

Um zu verstehen, wie das alles zustande gekommen ist, muss man für Deutschland in die Geschichte zurückgehen. Die Geschichte Deutschlands ist bewegter als die anderer europäischer Völker. Es gibt in ihr Zeiten des Aufschwungs und der Konsolidierung, aber ebenso auch Zeiten von Niedergang und Chaos. Es gab Zeiten des systematischen Angriffs von außen, um Deutschland, den Kern Europas, zu schwächen und es gab Zeiten, in denen Deutschland, seiner Stärke bewusst, sich solcher Angriffe erwehrt hat. Auch über die Folgen solcher Aufschwünge werden wir berichten.

Aber darüber hinaus müssen wir auch die Situation Deutschlands im größeren Zusammenhang ins Auge fassen, im Zusammenhang Europas, und heute im Zeitalter der Globalisierung, auch im weltweiten Zusammenhang. Wir werden auf außergewöhnliche Zusammenhänge stoßen.

Alle Zeiten lassen ihre Spuren in der Zukunft weiterwirken. Deswegen berichten wir, hier zunächst in geraffter Form, über die Vorgeschichte, die uns in die Gegenwart gebracht hat. Im sechsten Abschnitt (der Zweiten Rede) werden wir das in einer genaueren Darstellung auseinandersetzen.

(2) Der Weg in die Katastrophe – das kurze Argument

In diesem Teil wird kurz und prägnant zusammengefasst, was als volles Argument im Abschnitt (6) in der Zweiten Schrift genauer auseinandergesetzt wird. Der Reihe nach:

Eine Voraussetzung für den Gang in die Katastrophe war von jeher, dass Deutschland keine großen Ozeane oder hohe Felsengebirge als Schutz gegen Angreifer hat.

Deutschland ist geopolitisch ein gefährdetes Land.

Der Niedergang Deutschlands nach der Zeit des „Heiligen Römischen Reiches Deutscher Nation" des Mittelalters erfolgte im Dreißigjährigen Krieg und nach dem Westfälischen Frieden, 1648, von Münster (mit Frankreich) und Osnabrück (mit Schweden), in der Mitte des siebzehnten Jahrhunderts. Deutschland wurde in 250 Klein- und Kleinststaaten zerstückelt, die sogar Verträge mit fremden Staaten schließen konnten. Der Zustand danach ist, kurz gesagt, beschrieben

mit zwei Worten: Machtlosigkeit und Anarchie.

Das führte zur Annexion des Elsass und von Teilen Lothringens durch Frankreich. Das hat schwerwiegende Folgen nach sich gezogen, und 1697 die Bestätigung unter Ludwig XIV. Das hat Nachwirkungen bis heute.

Im 18. Jahrhundert wurde Preußen dann, unter den „Preußenkönigen" besonders unter Friedrich dem Großen (geboren 1712, König von 1740 - 1786), zur Vormacht des deutschen Nordens. Drei Jahre nach dem Tod Friedrichs begann 1789 die Französische Revolution und in ihrer Folge kam Napoléon I. als « Empereur » an die Macht. Er wollte Frankreich die Hegemonie in Europa sichern; er hat Italien, Österreich, Preußen und andere Staaten besiegt und machte dann den Fehler, Russland anzugreifen. Wir wissen, wie die Sache ausgegangen ist: Beim Übergang des Rückzuges der „Grande armée" über die Beresina, in der Völkerschlacht bei Leipzig und später bei Waterloo sank sein Stern. Zu dieser Zeit wuchs der deutsche Nationalsinn mit den Stimmen mutiger Männer. Frankreich war besiegt.

Aber damals hatten die Siegermächte Vernunft und Weitblick. Vom Wiener Kongress – der bekanntlich tanzte – (1814/1815) wurde Frankreich mit Würde und Respekt behandelt. Das hat Europa hundert Jahre Frieden vor einem großen Krieg gebracht, bis 1914.

Im 19. Jahrhundert wuchs dann die deutsche Einheit, aber nur bis zur kleindeutschen Lösung, nämlich der Trennung zwischen dem Vielvölkerstaat Österreich und dem von Preußen aus geeinten übrigen Deutschland. Inzwischen hatte die Erste Industrielle Revolution auch in Deutschland gegriffen, mit Maschinenbau, dem Bau von Eisenbahnen, ebenso wie etwa mit der Entwicklung der Elektroindustrie durch Werner von Siemens, und dem Aufbau anderer, z. B. chemischer Industrien, mit denen Deutschland führend wurde.

Der (kurze) deutsch-französische Krieg von 1870/1871 brachte dann die Überraschung und Bestürzung bei den europäischen Großmächten der damaligen Zeit. Denn die deutsche Armee schlug die Armeen des Kaisers Napoléon III. innerhalb eines Monats, und in Frankreich wurde die Vierte Republik ausgerufen.

Frankreich musste im Friedensvertrag Elsass-Lothringen, das es schon teilweise seit 1648 und unter Ludwig XIV. (geboren 1638, König von 1643-1715), 1659 okkupiert hatte, wieder zurück geben. Das schürte den Hass der Franzosen, die nach

« revanche »

dürsteten. Aber

Deutschland war nicht nur Militärmacht, sondern auch Wirtschaftsmacht geworden.

Ein „kranker Mann" in Europa war nicht nur das Osmanische Reich, das ja damals noch große Teile der arabischen Welt umfasste, sondern auch die österreichische Monarchie, die lange den Deckel auf dem brodelnden Topf des Balkan gehalten hatte.

Sie erbebte Ende Juni 1914 unter den Schüssen von Sarajewo, mit denen der Thronfolger Franz-Ferdinand ermordet wurde. Das war der Auslöser für den Ersten Weltkrieg und an dessen Ende brach die Monarchie tosend zusammen. Auch Deutschland verlor den Krieg. Im Versailler Diktat wurde Deutschland bestraft, mit Gebietsabtretungen, dem Verlust von Kriegs- und Handelsflotte und der Kolonien, mit den Reparationen. . . . Auch Österreich und Ungarn wurden „bestraft". Da fehlte der Weitblick der Siegermächte von 1814.

Unter dem französischen Premierminister Georges Clemenceau gab es einen „Vergeltungsfrieden".

Der große Königsberger Philosoph Immanuel Kant hatte ungefähr hundertfünfundzwanzig Jahre früher (1795) den Satz geprägt:

„Es soll kein Friedensschluss für einen solchen gelten, der mit dem geheimen Vorbehalt des Stoffs zu einem künftigen Kriege gemacht worden."
Genau um einen Verstoß gegen dieses Prinzip hat es sich gehandelt.

Dann kam 1918 auch in Deutschland die Revolution, der Kaiser dankte ab, es begann die Weimarer Republik. Nach Super-Inflation und Weltwirtschaftskrise stand am Ende ihrer fünfzehn chaotischen Jahre ein gewisser Adolf Hitler.

Es haben leider nur sehr wenige gesehen: Er war ein Psychopath, mit der Diagnose „paranoide Defektpsychose mit überwertigen Ideen", wie von einem Neurologen erkannt wurde. Paranoid bedeutet „zum Verfolgungswahn neigend, ohne dass der Wahn voll ausgebrochen ist." „Defektpsychose" besagt, „dass es sich um eine chronische Störung handelt, bei der im Gesamtbild der Seele bestimmte Bereiche ausfallen und auch die Intelligenz in Mitleidenschaft gezogen wird." Und „überwertige Ideen" führen zu weiteren Störungen des inneren Gleichgewichtes.

Wenn jemand mit diesen Störungen fast unbegrenzte Macht hat, ist die Katastrophe programmiert. Alles nachzulesen bei Peter Bamm, „Eines Menschen Zeit". Und: Hitler hat aus dem „Land der Dichter und Denker" ein „Land der Richter und Henker" gemacht.

„Macht ohne Gerechtigkeit ist ein Hebel des Bösen."

Der Hl. Ambrosius, Bischof von Mailand, hat es vor eintausendfünfhundert Jahren gesagt.

Hitlers Ende war die Götterdämmerung. Deutschland war wieder ganz am Boden. Dass es damals, nach dem Zweiten Weltkrieg, wieder hochkam, hat einen geopolitischen Grund:

**Denn die Rote Armee stand an der Elbe, zu nahe Rhein und Atlantik.
Und die Westmächte bekamen es mit der Angst zu tun.**

Überdies: Sowohl in Italien als in Frankreich gab es sehr starke kommunistische Parteien. Dann kippte 1948, als weitere Warnung, auch die Tschechoslowakei in den Kommunismus. Daher kam es zu Marshallplan, um Europa gegen den Kommunismus zu stärken. Der Marshallplan führte in Deutschland zum Wirtschaftswunder Ludwig Erhards und zur Wiederbewaffnung. Der Plan hatte ähnliche Wirkung in Österreich. Jetzt sind wir Exportmeister, wir sind stärker geworden. Aber was zwei Weltkriege nicht zuwege gebracht haben, wird jetzt auf anderem Wege versucht. Heute haben wir in Deutschland (und in Europa) zwei Probleme, und sie sind miteinander verknüpft:

Natalität und Migration.

Die Natalität ist das Erste Problem Deutschlands. Es wird so getan, als käme die niedrige Geburtenrate vom Himmel, und man könne nichts dagegen tun. Dabei gilt ein ganz einfacher Satz:

**Ein Volk lebt durch seine Kinder.
Ein Volk lebt NUR durch seine Kinder.**

Zur Hebung der Geburtenrate genügt es nicht, mehr Kindertagesgärten und andere Hilfsmaßnahmen anzubieten. Es muss im Deutschen Volk das Vertrauen in die Zukunft wieder geweckt werden. Das gelingt nur mit einer ganz eindeutigen Politik:

Für Deutschland.

Aber dazu fehlt uns eines:

Die Zuversicht in die eigene Kraft.

**Heute ist die Migration zum Zweiten Problem nicht nur Deutschlands, sondern ganz Europas geworden. Und damit beginnt
der Zusammenstoß der Kulturen.**

Dass es diesen gibt, können nur Fanatiker oder Dummköpfe leugnen. Es geht uns nicht nur um den Zusammenstoß mit Kulturen, die in Traditionen steckengeblieben sind, die uns archaisch anmuten, sondern es geht auch darum, wie dieser Zustrom, großenteils von „bildungsfernen" Populationen, sich auf die wirtschaftliche Leistungsfähigkeit Deutschlands und die gesamte Sozialstruktur auswirkt.

Und das gilt eigentlich für ganz Europa und hat, u. a. in Frankreich, zu Problemen geführt.

Im Zeitalter der Globalisierung können die Hochindustrieländer nur überleben, wenn sie sich in Innovation, Qualität der Produktion und Menschenführung an der Spitze halten.

Das geht aber nur, wenn ein reiches Reservoir an sehr gut ausgebildeten, kompetenten und einsatzfreudigen Menschen zur Verfügung steht. Die Zahlen schauen leider anders aus: Der Nachwuchs in den MINT-Fächern (Mathematik, Informatik, Naturwissenschaften, Technik) liegt in Deutschland im Vergleich z. B. mit Schweden auf einem dramatisch niedrigen Niveau, von den Verhältnissen in China ganz zu schweigen. Siehe Thilo Sarrazin.

Ganz einfach: Wenn niemand da ist, der hochqualifizierte Arbeit leisten kann, wird sie nicht getan. Und das Resultat ist, dass, einmal ins Hintertreffen geraten, es extrem schwer ist, wieder aufzuholen.

Mene mene tekel upharsim,

etwa: Gewogen und zu leicht befunden,

leuchtete die Flammenschrift im Palast Belsazars von den Wänden, wie das Alte Testament berichtet, und keiner hat sie verstanden. Wir schreiben dasselbe an die Wand: Werden wir verstanden werden?

Fazit

Wir befinden uns am Beginn einer Zeitenwende oder schon in deren Mitte. In einer Zeitenwende gehen viele – oder auch die meisten – Gewissheiten verloren, die bis dorthin, meist unterbewusst, das Leben der Menschen steuerten.

Wenigen Menschen in Europa wird um das Jahr 1500 bewusst geworden sein, dass mit der Entdeckung Amerikas und der Einführung des heliozentrischen Planetensystems sich nicht nur das geographische und astronomische Weltbild und damit auch die Religion, sondern auch Politik und Wirtschaft sich grundlegend ändern würden. Dasselbe gilt auch für die Menschen, die in Rom im vierten Jahrhundert die Durchsetzung des Christentums zur Staatsreligion erlebt haben. Auch damals ging eine Welt unter und es begann eine neue Zeit, aber die Zeitgenossen haben das nicht oder zu wenig erfasst.

Im Anschluss an die Durchsetzung des Christentums hat sich das Abendland über gut tausend Jahre hinweg in erster Linie um sein Seelenheil gesorgt, und weniger um Fortschritt in Technik und Wissenschaft oder Hygiene. Mit den Entdeckungen begannen diese Zweige aufzuleben und haben uns heute wohl (wenigstens in der westlichen Welt) in den Überfluss versetzt. Wir sehen, was an Verantwortungslosigkeit dazu geführt hat.

Langsam begreifen wir, wie gefährlich das ist.

Verantwortungslosigkeit bedeutet den Verlust jener ethischen und auch rein praktischen Grundsätze, die eine Volksgesellschaft, ohne Abrutschen in Ostentation des Luxus, Korruption und soziale Gleichgültigkeit aufrecht erhalten muss, wo die folgenden Grundsätze allgemein anerkannt sind. Auch heute besteht die Gefahr, dass wieder eine Welt untergehe, und die Zeitgenossen erfassen es nicht. In einer solchen Situation hilft nicht „mehr vom selben", oder „das haben wir schon immer so gemacht"; wir müssen in

Neuland des Denkens

vorstoßen. Dieses Wort hat schon der Münchner „Neuropsychologe" Frederic Vester (1925-2003) geprägt. Dazu gehört, sich rücksichtslos mit der Realität in allen ihren Aspekten – historisch, politisch, wirtschaftlich, sozial, religiös, zu befassen, sie zu analysieren und daraus die richtigen Schlüsse zu ziehen. John le Carré, der englische Spionage- und Politik-Schriftsteller, lässt seine Hauptfigur, George Smiley, einmal sagen:

"It is very dangerous to play with reality."
„Es ist sehr gefährlich, mit der Realität zu spielen."

Und genau das tun heute unsere „Un"--Verantwortlichen. Wie man sagt: Sie lügen sich in den eigenen Sack. Und das ist das Allergefährlichste von allem: Denn davon wird der Sack nicht voller. Und für Deutschland gilt:

Deutschland ist noch immer das geopolitisch gefährdete Land, es ist immer noch ein besetztes, das heißt ein besiegtes Land, es wird von der EU als Goldesel ausgebeutet; es leidet unter der größten Gefahr für ein Volk, unter Geburtenschwund. Außerdem ist es einer Zuwanderung ausgesetzt, die aus einem ganz anderen Kulturkreis kommt.

Deswegen sagen wir, über alle Widrigkeiten unserer Zeit hinausgehend:

Deutschland darf nicht untergehn!

Heute kommt noch dazu das, was man Finanzkrise nennt. Aber wir müssen uns darüber im klaren sein: Diese Krise ist nicht die Haupt-Katastrophe, sie ist nur ein Symptom. Der Name der Krankheit lautet anders:

Rücksichtslosigkeit und Verantwortungslosigkeit.

Rücksichtslosigkeit bedeutet einen schwerwiegenden Mangel an Moralpräsenz, eine hohe egoistische Gier und Verkommenheit, mit einem Wort: Einen Mangel an dem, was man Anstand und Kultur nennt. Deswegen ist diese Krise auch nicht mit „Reparaturdienstverhalten" zu bewältigen, sondern nur damit, dass jene Verhaltensweisen radikal aufgegeben werden, die uns von den „Machtfahrern", den Politikern, den großen Konzernen und den Medien eingebläut werden. Wir müssen uns des Wesentlichen erinnern.

Verantwortungslosigkeit bedeutet den Verlust jener ethischen und auch praktischen Grundsätze, die eine Volksgesellschaft auf einem hohen Lebensniveau halten.

Nur mit diesen Grundsätzen wird ein Abrutschen in Ostentation des Luxus, Korruption und soziale Gleichgültigkeit verhindert, und eine Gesellschaft geschaffen, wo die folgenden Grundsätze allgemein anerkannt sind.

- Umgang mit Mitmenschen und Mitarbeitern nur mit Aufrichtigkeit, Würde und Respekt.
- Einhaltung der Regeln des allgemeinen Anstandes und der Höflichkeit.
- Abscheu vor und Ausschaltung von Luxuskriminalität und Ellbogenpolitik der Mächtigen.
- Durchgehende Entscheidungsfindung durch den gesamten Volkskörper.
- Förderung der Eigenverantwortung eines jeden Bürgers, eines jeden « citoyen » der sich diesen Namen verdienen will.

Im Gegensatz dazu die Korruption, die jetzt etwa in Österreich an die Oberfläche kommt.

Wir sehen heute an allen Ecken und Enden, in de höchsten Positionen von Wirtschaft und Politik, dass diese Grundsätze aus ganz banalen Gründen, dem kleinen – oder großen – Vorteil zuliebe, verletzt werden. Und nur eine protestantische Bischöfin hat den Mut, nach einem persönlichen Fehler spontan und sofort zurückzutreten. Was ihr sofort

Anerkennung, Achtung und Beifall zurückgewonnen hat.

Dazu zitieren wir den deutschen Reimeschmied Angelus Silesius (1624-1677) aus dem 17. Jahrhundert:

> „Mensch, werde wesentlich;
> denn wenn die Welt vergeht:
> So fällt der Anschein weg,
> das Wesen, das besteht."

Was bedeutet das? Anschein ist das, was uns „zufällt", das heißt das Gelegentliche, das Unwichtige, das Oberflächliche, nur das, was wir im Augenblick für wichtig halten.

Im Gegensatz dazu hat nur das Wesentliche Dauer und Gewicht.

Ein anderes Merkwort, diesmal von dem Schweizer Dichter Gottfried Keller (1819-1870), ist wesentlich eindringlicher:

> „Der eine fragt: Was kommt danach?
> Der andre fragt nur: Ist es recht?
> Und also unterscheidet sich
> der Freie von dem . . .
> **Knecht."**

Wesentlich sein bedeutet: Das Wichtige vom Unwichtigen unterscheiden können. Leben heißt vorausschauen, heißt Verantwortung übernehmen und verantwortungsvolle Entscheidungen treffen. Dabei kommt es eben auch darauf an zu fragen: Was kommt danach? Das heißt: Was sind die Folgen meiner Entscheidung?

Wer nur fragt: „Ist es recht?" beschränkt sich darauf, als Organisationsmensch zu funktionieren, dem es nur um Einhaltung von Regeln geht. Nur wer „was kommt danach?" fragt, zeigt genau das Gegenteil von Gleichgültigkeit und Kleinmütigkeit.

Er schaut voraus. Und dazu noch ein Zitat:

„Alle politische Kleingeisterei besteht im Verschweigen und Bemänteln dessen, was ist."

Der große Sozialist Ferdinand Lassalle hat das gesagt (aus Thilo Sarrazin, „Deutschland schafft sich ab"). Man nennt das auch

Realitätsverweigerung.

Dieses Spiel wird heute überall, und viel zu viel betrieben. Viele der sogenannten Sozialforscher bedienen sich einer Verschleierungssprache, um mit der Anerkennung der Fakten ihren ideolügischen Prinzipien nicht widersprechen zu müssen und dabei gibt es harte Tatsachen, denen man nicht ausweichen darf: Dass es heute „Zuwanderer" gibt, die im Erwachsenenalter Analphabeten sind und die nicht einmal geistig imstande wären, dieses Manko aufzuholen. Dass es Familien gibt, die nur von Transferleistung leben (Wohnung bezahlt, Kinderbeihilfe . . .), aber in den Schulferien in ihr Heimatland fahren, wo sie eine Vierzimmer-Wohnung haben. . .

Es muss einmal ganz klar gesagt werden:

Deutschland ist kein . . . Deutschlaraffenland.

Migranten (oder auch Piratenchefs), die meinen, es ginge auf die Dauer, von Transferleistungen zu leben, ohne selber einen Finger zu rühren, seien an das Beispiel aus der Biologie verwiesen: Wenn ein Infektionskeim, wie zum Beispiel von Pest oder Cholera, einen Wirtsorganismus befällt, so zerstört er mit dem Tode des Wirtsorganismus auch seine eigene Lebensgrundlage und verurteilt sich selber zum Tod.

Es ist auf die Dauer undenkbar, dass ein zunehmender Teil der Bevölkerung von den Transferleistungen des hart arbeitenden Teiles der Bevölkerung lebt, denn schließlich werden die Transferleistungen nicht mehr finanzierbar sein. In der Medizin setzt man in solchen Fällen Antibiotika ein. Was kann man im Fall der Migrantenkrankheit unternehmen? Man muss sich natürlich ausschließlich geistiger Mittel bedienen, um dieser Krankheit Herr zu werden.

Wo sind wir denn?

Schon Konrad Lorenz hat gesagt, man dürfe nie mit einem vorgefassten Lösungsansatz an ein Problem herangehen („Über induktive und teleologische Psychologie", 1942). Das ist aber genau das, was diese Gutmenschen tun, die solche Entwicklungen förderlich heißen.

Wer nichts, aber auch gar nichts zu unserem Sozialleben beiträgt, hat kein Recht erworben, bei uns zu leben. Niemand kann sich z. B. auf einem Bauernhof mit Großfamilie einnisten, ohne auch nur einen Finger in der Hofarbeit zu rühren.

Menschen, die unseren Transferstaat schamlos ausnützen, muß klar gemacht werden: Wer zu uns kommt, müsste zunächst einmal eine hohe Summe zahlen, um unsere gesamte Infrastruktur, nicht nur der Wirtschaft, sondern auch jene unserer öffentlichen Einrichtungen benützen zu dürfen: Dazu zählt unsere Verwaltung, das Verkehrswesen, unsere Kommunikationssysteme, Schulen und andere Ausbildungsstätten, öffentliche Institutionen wie Sportplätze, Schwimmbäder oder Theater. . . .

Die Aufzählung ist nicht erschöpfend.

Ein Wirtschaftsführer hat das noch zur Zeit der D-Mark auf eine Million DM geschätzt. Alle diese Strukturen sind nicht in Jahrzehnten, sondern in Jahrhunderten durch die Mühe und den Fleiß unseres Volkes entstanden.

Müssen wir das alles Schmarotzern überlassen?

Dabei gäbe es durchaus Lösungen, und zwar sogar Lösungen, die ohne Gewalt mit einem Minimum an Störung und mit Vorteil für die Betroffenen durchführbar wären. In im Abschnitt (4), der „Rede an die Junge Generation – die Unzufriedenen" werden wir dazu Vorschläge machen. Das Fazit ist ganz klar:

Deutschland ist in Gefahr.

Was kann ein großer Nationalstaat wie Deutschland tun, wenn er – und sein Volk – in Gefahr sind?

Ohne irgendeine Bewertung sind folgende Möglichkeiten denkbar:

(1)   **Deutschland ergibt sich in sein Schicksal.**

(2)   **Es wird revolutionär und bricht bedingungslos aus der EU und anderen Verflechtungen aus.**

(3)   **Es wird evolutionär, aber in Besinnung auf seine eigenen Werte und Notwendigkeiten und setzt seine Forderungen durch**

Diese Optionen behandeln wir im Abschnitt (3) „Rede für die Zukunft – was muss anders werden".

Aber sofort stellt sich die Frage:

Was muss denn anders werden?

Nicht allein Gesetze und Parlamentsbeschlüsse, nicht allein große Reden werden etwas bewirken. Auch die heute gespaltene Sozialstruktur muss geändert, erneuert werden.

Es geht nicht um Sachen, es geht nicht ums Kleine, es geht ums Ganze.

Das heißt: Wir müssen ans Ganze denken, denn was wir denken, wird früher oder später Wirklichkeit. Es spricht sich langsam herum: Wir sehen keine objektive äußere Welt, denn

die Welt ist das, was wir von ihr denken;
und:
Das Leben findet im Kopfe statt.

Denken wir uns eine Welt, die nur die Fortsetzung der Gegenwart sein soll, so werden wir in der Zukunft nur eine verdoppelte Gegenwart erleben.

Denken wir uns eine Welt, in der wir stark und sicher dastehen und uns unserer Werte erinnern, dann wird der Wunsch von Frederick Forsyth – und von uns Deutschen – Wirklichkeit werden:

„**Ich bin Deutsche(r), und ich schäme mich nicht dafür.
Ich möchte in einem souveränen, demokratisch regierten Staat leben.
Und außerdem möchte ich mein Heimatland wiederhaben.**"

Und da hilft nicht, zu sagen: „Da kann man nichts machen." Es gibt dazu ein englisches Wort, das bedeutet:

"**For bad things to prosper it is enough that good people do NOTHING.**"
„**Damit böse Dinge wachsen, genügt es, dass anständige Menschen NICHTS tun.**"

Wiederum halten wir uns an den großen Johann Wolfgang v. Goethe

. . .
nimmer sich beugen,
kräftig sich zeigen.
Rufet die Arme
der Götter herbei.

Deutschland ist noch immer das geopolitisch gefährdete Land, das es immer schon war, es ist immer noch ein besetztes, das heißt ein besiegtes Land, es wird von der EU als Goldesel ausgebeutet; es leidet unter der größten Gefahr für ein Volk, unter Geburtenschwund, und es ist einer Zuwanderung ausgesetzt, die aus einem ganz anderen Kulturkreis kommt.

Deswegen genügen nicht Regierungserklärungen, nicht Parlamentsbeschlüsse, nicht wohlmeinende Sentenzen von irgendwelchen Wissenschaftlern oder Management-Beratern. Es gilt den Menschen in Deutschland klar zu machen, dass wir viele unserer altgewohnten und für richtig gehaltenen Vorstellungen über den Haufen werfen müssen. Vor allen Dingen dürfen wir nicht mehr das nachbeten, was uns die Medien, die treuen Sklaven der Konzerne und Finanzbarone, einzubläuen versuchen. Stattdessen müssen wir uns darauf einrichten: Dass wir wieder gewinnen müssen:

Den Glauben daran, dass wir Deutschen und unser Deutschland wert sind, geachtet, geschätzt und geliebt zu werden, wie man einen Menschen liebt. Denn man achtet, schätzt und liebt nicht nur „wegen", sondern auch „trotz".

Wir lieben Deutschland, obwohl vieles im argen liegt, der Machtmissbrauch, die Überheblichkeit und die Arroganz der Regierenden (Stuttgart 21!), die Schere zwischen Reich und Arm, die sich immer weiter öffnet.

Wir bekämpfen die unverhüllte Macht der großen Konzerne und der Medien und die Kriminalität derjenigen, die angeblich unser Geld verwalten. . . .

Es genügt nicht, sich zu empören! Alle müssen wir handeln!

Es muss ein Ende sein! Es muss ein neuer Anfang sein!

Der Beginn muss von der jungen Generation kommen, die heute in einem Ausbildungssystem aufwächst, das eine Maschine zur Erzeugung psychisch gestörter Menschen ist, und die zum Aufbau einer Lebenskarriere nur kurzfristige Projektverträge bekommt.

Und um den neuen Anfang bewältigen zu können, sollen wir uns eines einprägen, das auf den ersten Blick absurd klingt:

Wir sind unzerbrechlich, wie das . . .Wasser ?

Und was dieses kühne Wort (das aus China stammt), eigentlich bedeutet, das überlassen wir jedem Einzelnen herauszufinden.

(3) Rede für die Zukunft. Was muss anders werden?

Die Alarmglocken schrillen: Ein europäisches Land nach dem andern fällt in die Katastrophe. Irland, Portugal, Zypern, Griechenland, Italien, Spanien, Slowenien. . . . Auch in den USA hat der Präsident 2011 die Zahlungsfähigkeit der Vereinigten Staaten nur im letzten Moment gerettet und wird mit einer Herabstufung der Kreditwürdigkeit der USA und mit Demonstrationen von "Occupy Wall Street" quer durch "This Republic", auf der Brooklyn Bridge, in der Wall Street, und anderswo, belohnt. Und das führt zu Erdbebengrollen quer durch die ganze Welt. Und Ende 2012 zeigen die Republikaner einen vollständigen Verlust von Verantwortungsgefühl. Die internationalen Finanzbarone haben die Regierungen und die Völker in ihrem Würgegriff und spielen sich als die Herren der Welt auf. Und der FBI geht gegen "Occupy Wall Street" in Angriffsstellung!

Die Finanzbarone berufen sich auf die „Macht des Marktes", und verheimlichen bewusst, dass der Markt kein Naturgesetz ist, sondern nur von Menschen gesteuert wird. Wenn man erfährt, dass ein junger Mann mit einunddreißig Jahren, in einer internationalen Großbank eineinhalb (oder mehr?) Milliarden Dollar in den Sand setzen konnte – und keiner hat's gemerkt,

dann ist etwas faul im Staate Dänemark,

wie Prinz Hamlet im Shakespeareschen Drama bemerkt.

Es geht das Wort:

Geld regiert die Welt.
Aber: Wer regiert das Geld?

Man denkt, das sei Aufgabe der Regierungen, der verantwortlichen Staatsmänner und Staatsfrauen. Jedoch, sie haben Angst, von den Finanzbaronen erpresst zu werden und versuchen es mit Steuertourismus und anderen Tricks. Sie haben verlernt, dass,

wer seiner selbst sicher ist, sich vor nichts und niemandem zu fürchten braucht.

Dazu kommt eine andere Entwicklung. In den islamischen Ländern, in einem Halbkontinent, von Marokko bis zum Jemen und nach Bahrein, ist eine Revolution ausgebrochen, die nicht mehr aufzuhalten ist. Vor der Haustüre Europas!

Und was tut Europa?

Es verhängt Sanktionen; es hat wohl durch den NATO-Einsatz dazu beigetragen, einen dieser Diktatoren aus der Macht zu hebeln. Aber das ist zu wenig. Hört man etwas von der Außenpolitikbeauftragten der EU? Kein Sterbenswörtchen.

Sie oder ihre Mitarbeiter müssten jede Woche, jeden Tag in diesen Ländern sein, um zu helfen und dafür zu sorgen, dass diese Entwicklung in die richtige Richtung geht. Was geschieht: In Lybien wird ein Büro eingerichtet!

Wen die Götter verderben wollen, den schlagen sie mit Blindheit!

Auch in der übrigen Welt ändern sich die Machtverhältnisse: China greift nach den Ölvorkommen in Südamerika und baut in Bulgarien ein Automobilwerk. . . .

Wie soll das weitergehen?

Es geht nicht nur darum, gerade die nächste Krise zu bewältigen. Das ist „Reparaturdienstverhalten". Es muss uns klar werden, dass wir mitten in einer Zeitenwende stehen, während derer sich nicht nur an der Oberfläche von Handel und Wandel Veränderungen vollziehen, sondern sich grundlegende Wechsel in den Gewissheiten unserer Kultur ankündigen. Das sind die „créencias", die „Glaubensgewissheiten", von denen der spanische Soziologe und Philosoph José Ortega y Gasset sagt (in „Idéas y créencias"):

„Die Menschen unterscheiden sich in dem, was sie für selbstverständlich halten, ohne darüber sprechen zu müssen."

Englisch sagt es sich einfacher:

"People differ by what they believe goes without saying."

Wir stehen in einer Zeitenwende. Zeitenwenden hat es gegeben und wird es immer wieder geben. Die letzte. noch nicht sehr lange zurückliegend, begann 1492 mit der Entdeckung Amerikas, die das Zeitalter von Naturwissenschaft und Technik einleitete. Nicht soll vergessen werden, dass damals in Europa noch der Schock wirkte, den die Eroberung Konstantinopels 1453 durch die islamischen Türken ausgelöst hatte. Zusätzliche Sorge machten die weiteren Eroberungszüge der Osmanen in den Balkan, weswegen Papst Pius II. (1405-1464) auch an einen Kreuzzug dachte. Schon damals gab es Furcht vor einer islamischen Zangenbewegung gegen Europas.

„Nichts Neues unter der Sonne!"

Warum hat damals die übrige Christenheit nichts zur Verteidigung Konstantinopels beigetragen? Und schließlich hatten die „Mauren" ja nach 700 auch einen guten Teil der iberischen Halbinsel in ihre Gewalt gebracht und waren erst gerade eben (1492), synchron mit der Entdeckung Amerikas, aus Granada vertrieben worden.

Es kam dazu: Der Wechsel vom geozentrischen zum heliozentrischen Weltbild, und auf religiösem Gebiet die Reformation (und Gegenreformation). Schließlich folgten die kulturellen Renaissancen von Architektur und der darstellenden Künste und der Humanismus ebenso wie jene der großen Literatur, und schließlich kam die geistige Bewegung der Aufklärung und in deren Folge die Industriellen Revolutionen.

**Dass die Erde nicht mehr Mittelpunkt des Kosmos war, hatte eine gewaltige Erschütterung hervorgerufen.
Damit war auch der Mensch nicht mehr das Zentrum der Schöpfung.**

Zum Unterschied von dieser Wende, 1500 und danach, sind aber heute nicht in erster Linie geistige Kräfte das Entscheidende, sondern wir sehen zunehmend den Einsatz von Gewalt: Terrorismus von links und von rechts, die Unduldsamkeit der Gutmenschen, die Brutalität des Kriminal-Kapitalismus und die geheime Zerstörung Europas durch die EU. Wie es heute aussieht, werden diese Wandlungen bis jetzt von bodenlosem Hass, krimineller Kurzsichtigkeit und von Verantwortungslosigkeit getrieben.

Einer solchen Entwicklung wird man nicht Herr allein mit neuen Vorschriften und Gesetzen. Und wir sehen auch Bevölkerungsbewegungen in einem Ausmaß und einer Tragweite, die den wenigsten bewusst werden.

Wir werden der Dinge nur Herr, indem fundamentales Umdenken befördert wird.

Dazu genügt es, auf die Soziologie im Tierreich zurück zu greifen. Dort ist nicht der Konkurrenzdruck die vorherrschende Kraft, sondern die Kooperation, die freiwillige Zusammenarbeit.

Das Wolfsrudel, eine hochorganisierte Tiersozietät, jagt gemeinsam mit verteilten Rollen, ebenso das Löwenrudel. Ein anderes Beispiel sind die Erdmännchen im Süden von Afrika, wo jeweils ein Tier von einem erhöhten Punkt den Erdboden und den Himmel absucht, um vor Feinden zu warnen. Dabei sind die Wächter sicher selber erhöhter Gefahr ausgesetzt. Es ist dokumentiert, dass sie das aber zum Wohle der Gemeinschaft in Kauf nehmen. Und schließlich gibt es im Tierreich auch die Ergebenheitsgebärde, die jeden Aggressor instinktiv zum Einhalten zwingt. Alles nachzulesen bei Konrad Lorenz, Heimo v. Ditfurth oder Vitus Dröscher.

Nur ist in der menschlichen Psyche diese doppelte Instinktreaktion nicht mehr verankert. Wer aus aufwallendem Zorn zuschlägt, lässt sich vielleicht durch eine solche Geste noch besänftigen. Wer aber aus Hass oder Böswilligkeit schlägt, wird als Antwort auf eine solche Geste nur weiterschlagen. Da hilft das Prinzip aus der Bibel vom Hinhalten der anderen Wange (Lukas VI, 29) leider nicht.

Das ist unsere Situation:

Unsere Gesellschaft ist krank bis in die Knochen, und Medikamente und Kuren helfen kaum.

Auch jeder Einzelne kommt mehr und mehr unter Druck und kann sich selber nicht mehr helfen. Daher kommt die ausufernde Vielzahl von sozialen, psychologischen und psychiatrischen Hilfsorganisationen, die inzwischen zu einer lukrativen Industrie geworden sind.

Unser Schul- und Ausbildungssystem ist eine Maschine zur Erzeugung psychisch kranker Menschen. Ihr Jungen, Mädels und Burschen, Ihr seid auf dem besten Wege, Euch zu den gut dressierten Zombies zu entwickeln, wie die Machthaber Euch haben wollen. Heute ist an allen Ecken und Enden zu lesen, die Jugend sei mehr und mehr auf Desillusionierung und Rücksichtslosigkeit zurückgefallen und es kursiere das Wort von der „Selbstverwirklichung". Das ist ein ganz gefährliches Unwort, denn es suggeriert, dass der einzelne Mensch nur das anstreben will, was ihm persönlich die größte Genugtuung liefern kann.

Genau so wie die Freiheit des Einzelnen dort aufhört, wo die Freiheit anderer oder das Gemeininteresse beginnen, so hat die „Selbstverwirklichung" ihre Grenze, wo durch sie andere Menschen beengt und unglücklich gemacht werden. Dazu gehört das heute so moderne „Mobbing" und andere Spielarten dieser Verirrung. Auch hier: Diese Einstellung wird von den Einflüssen der Medien und in der Schulbildung gefördert. Was ist all das?

Ein Kapitalverbrechen an Mitmenschen und an der Gesellschaft.

Wir dürfen nicht vergessen:

Wir leben VON dem, was wir verdienen. Aber wir leben AUS dem, was wir für ANDERE tun.

Das heißt aber nichts anderes, als vor allem nach „Pflichtverwirklichung" zu streben. Wir stehen nicht nur unter der Verpflichtung, für das verantwortlich zu sein, was im Laufe unseres eigenen Lebens geschieht – und das bezieht auch die Vergangenheit mit ein – sondern wir sind auch der Zukunft unserer Gesellschaft gegenüber verantwortlich, das bedeutet, dafür zu sorgen, dass es eine evolutive Fortschreibung der Gegenwart gibt.

Sieht man, dass die Gesellschaft nicht diesen Prinzipien folgt, so gilt es, Grundeinstellungen zu beeinflussen – "more of the same", „mehr vom selben" hilft nicht. Wenn man nach Petroleum bohrt und bis 6000m Tiefe nichts gefunden hat, nützt es nicht, zehn Kilometer daneben noch einmal zu bohren.

Und wenn man fliegen will, genügt es nicht, sich ein halbes Flugzeug zu bauen!
Es hilft auch nicht, schrill zu manifestieren, so wie 1968.

Wir müssen zunächst umdenken. Wie wäre es mit den folgenden MAXIMEN?

In der Ruhe liegt die Kraft;
in der Stille wächst die Macht.
Nur Gelassenheit bringt Autorität.

Wir müssen uns aus der Abhängigkeit von den gegenwärtigen Machtstrukturen befreien.

Die amerikanische Künstlerin Anaïs Nin hat einmal gesagt:

„**Wir leben im Zeitalter der Masse. Ich zu sein ist ein Verbrechen.**"
Dann seien wir eben Verbrecher oder eher Unruhestifter!

Aber nur wenn wir uns auf unser eigenes Ich besinnen, kommen wir aus diesem Teufelskreis heraus. Wir müssen aufstehen gegen die Verdummungskampagne der Finanzbarone und der Großkonzerne, die heute nicht nur über die Medien läuft, sondern auch über unser ganzes Ausbildungssystem. Die Tatsache allein, dass man an den Universitäten von „Orchideenfächern" spricht, zeigt die Verachtung, die dem Anspruch auf geistige Qualität und geistige Freiheit entgegen gebracht wird, aber auch die Angst davor. Wir müssen lernen, jeder von uns, „auf der Höhe der Zeit zu leben". Zugegeben: Unsere Zeit ist komplex, widersprüchlich, immer in raschem Wandel befindlich, aber

wenn die Winde der Veränderung wehen, bauen die Zweifler Mauern;
nur die Mutigen setzen die Segel zu neuen Kontinenten.

Wir finden ein Vorwort, aus dem Jahr 1976, zu einer kritischen Studie, verfasst acht Jahre vor der Gültigkeit von George Orwells „1984", für ein Projekt in sozialer Organisation und Verantwortlichkeit, und das Vorwort sagt genau das Richtige und das Wichtige:

„Das Jahr 1984 rückt rasch heran, charakterisiert durch die amorphen, jedoch mächtigen Systeme und Hierarchien, die George Orwell im voraus gesehen hat. Die komplexen Strukturen unserer gegenwärtigen Welt ermöglichen die verdeckte Ansammlung von Macht, sie erleichtern die offene oder heimliche Korruption einer vorgeschützten Ethik, und tragen auf diese Weise zur Entmenschlichung unserer sozialen Systeme bei. Aber es gibt Menschen, die glauben, dass die bürokratische Koalition von Ineffizienz aufgedeckt, Ansprüche auf Macht besiegt, und die Anerkennung kritischen Denkens öffentlich gefördert werden müssen, sogar auf das Risiko der Gefährdung ihrer eigenen integren Sicherheit. Dieser Bericht ist eine präzise Studie des verwickelten Machtsystems einer internationalen Organisation. Seinen Ergebnissen liegt die Analyse von Tatsachen zugrunde, seine Schlussfolgerungen wurden motiviert durch die Befolgung eines Prinzips, das an der Wurzel der Existenz jeden sozialen Fortschrittes liegt:

dass es keine Evolution ohne Courage gibt."

(Ende des Zitates, unsere Übersetzung, internes Dokument, UN Office at Geneva, IOB, Inter-Organization Board for Information Systems, 1976).

Wir müssen uns mit dem dreifachen Erz der Entschlossenheit wappnen, wie Vergil in der „Æneis" sagt, um in dieser Auseinandersetzung mit der Entmenschlichung unserer Welt zu siegen. Das ist eine große Herausforderung, an der wir aber wachsen können.

Ein Leben, in dem man sich keinen Herausforderungen stellt, ist es gar nicht wert, Leben genannt zu werden. Wir müssen nur unseren Zorn in die richtige Richtung drehen und wir müssen unseren Stolz wieder kultivieren. Georg Büchner, der Dichter der französischen – und deutschen – Revolution (1813-1837), jung an Typhus verstorben, ruft diese Worte als Motto für seinen „Hessischen Landboten" vom November 1834:

„Friede den Hütten! Krieg den Palästen!"

Mit „Krieg" meinen wir nicht den Krieg der Granaten, sondern den mutigen Krieg des Geistes, wie es der athenische Staatsmann Perikles vor fast zweitausendfünfhundert Jahren gesagt hat:

„Wisse, dass eine Voraussetzung für das Glück die Freiheit ist; aber es gibt keine Freiheit ohne Mut."

Zweieinhalb tausend Jahre später fügt George Bernard Shaw (1856-1950), der irische Dramatiker, Verfasser der „Heiligen Johanna", Joan d'Arc, noch etwas Wesentliches hinzu:

„Freiheit bedeutet Verantwortlichkeit; das ist der Grund, warum die meisten Menschen sich vor ihr fürchten."

Daher:
Wer sich vor der Freiheit fürchtet, wird zum Sklaven.

Hüten wir uns vor dieser Gedankenfalle. Wir denken zunächst die drei genannten Möglichkeiten zu Ende. Was sind die Konsequenzen?

(1) Deutschland ergibt sich in sein Schicksal

In diesem Fall werden die feindlichen und negativen Kräfte zunehmend die Oberhand behalten. Dann sehen wir uns einem Untergangszenario gegenüber, das von den folgenden Kräften bestimmt wird:

- Einer gleichbleibend geringen oder noch schwächer werdenden Natalität und damit einem gefährlichen Bevölkerungsschwund.
- Dem zusätzlichen demographischen Niedergang durch die Zuwanderung von Bevölkerungselementen, die nicht nur „bildungsfern" sind, sondern die z. T. noch in der dritten Generation kaum einen Beitrag zur Leistung der Hochtechnologiewirtschaft beitragen können, von der das Überleben Deutschlands abhängt.
- Das bedeutet, dass in Zentraleuropa wiederum, wie nach dem Zweiten Weltkrieg, ein politisches und wirtschaftliches Vakuum entsteht, das die EU zum Einsturz bringen wird. Nicht mehr und nicht weniger. Man gebe sich keinen Illusionen hin. Ohne „helle Köpfe" ist Deutschland und damit Europa verloren.
- Den unterschwelligen Aggressionen der Siegermächte des Ersten und Zweiten Weltkriegs.
- Einer zunehmenden Radikalisierung der kulturellen Gegensätze zwischen dem Rechtssystem, den Glaubensgewissheiten und Traditionen des Deutschen Volkes und jenen der Zuwanderer, und damit soziale Kämpfe und schließlich die Überwältigung durch die Migration.
- Den alles nivellierenden Utopien der Europäischen Union.
- Der zusätzlichen Zerstörung des deutschen Wirtschaftspotenzials durch die Globalisierung und die kriminellen Attacken der Rating Agencies und der Finanzbarone.

Von einem Bischof der katholischen Kirche ist uns das Wort zugekommen, er sei „bestürzt über den Selbsthass Europas". Das ist ein Wort, das viel bestürzender ist als man aufs Erste meinen könnte. Wer sich selbst hasst, achtet sich selbst gering. Das bedeutet aber auch, dass er andere höher wertet als sich selber, und ihnen damit freiwillig die Oberhand über sich aushändigt.

Selbsthass bedeutet Selbstaufgabe. Laufen wir darauf zu?
Stecken wir schon tief drin?

Bedeutet das, dass Wohlstand und soziale Sicherheit den Bach hinunter schwimmen?

Bedeutet das, dass Deutschland früher oder später mehr Moslems in der Bevölkerung und in der Regierung haben wird als Deutsche?

Wer den Kopf neigt, lädt zu weiteren Nackenschlägen ein.

Eine solche Situation ist heute noch vielen Deutschen schwer vorstellbar. Aber man darf nicht vergessen, dass demographische Entwicklungen sich nicht linear, sondern exponentiell fortsetzen, nach dem Muster 2, 4, 8, 16, 32, 64, 128. . . . Das gilt aber auch für negative Entwicklungen, wie den Rückgang der Natalität.

Alle zehn Schritte vertausendfacht sich das Ergebnis, wobei allerdings Verluste nicht eingerechnet werden. Aber abnehmend ginge es alle zehn Schritte auch auf ein Tausendstel zurück.

Macht einmal die Probe aufs Exempel: Aus der Antike ist der Fall bekannt, dass ein weiser Mann zu seinem König sagte, als ihm dieser einen Wunsch freigab:

„Leg' mir auf das erste Feld eines Schachbrettes ein Weizenkorn, auf das nächste zwei, auf das nächste vier . . . ." Wenn auf dem zehnten Feld ein Gramm Weizen liegt (etwa 1000 Körner), was kommt auf Feld 64 zu liegen? Wie gesagt, alle zehn Schritte vertausendfacht sich das Ergebnis!

Millionen Tonnen!

Das Prinzip wird durch die folgende Aussage nur bestätigt. Wir haben sie im Original gehört. Jacques Cousteau, der Meeresforscher (1910-1997), hat auf der Umweltkonferenz in Rio de Janeiro 1992 gesagt:

„Während meines Lebens hat sich die Menschheit verdreifacht."

(Er war damals 82 Jahre alt.)

„Während meines Lebens hat sich die Menschheit verdreifacht."

Und gerade in diesen Tagen wurde der siebenmilliardste Mensch geboren.

Und wenn die Technokraten sagen, die Erde könne noch mehr Menschen erhalten, so denken diese Leute zu kurz. Es gibt einen ganz fundamentalen Einwand gegen diese Behauptung.

Die Erde, für uns die Biosphäre, ist ein äußerst komplexes System mit unendlich vielen Vernetzungen. Die Natur hat schließlich mehrere Milliarden Jahre gebraucht, um es zu entwickeln. Es existiert in einem dynamischen Gleichgewicht, das sich dauernd anpasst.
In der "General System Theory", die übrigens von dem Biologen Karl Ludwig von Bertalanffy (1901-1972) entwickelt wurde, weder von einem Physiker noch von einem Ingenieur, gilt ein ganz einfacher Satz:

Ein komplexes System ist nicht dafür geschaffen, von einer Komponente tyrannisiert zu werden.

Und diese Komponente ist die Menschheit. Sie schmarotzt von den Ressourcen des Systems Erde plus Biosphäre und sie vermehrt sich ungehemmt wie Krebszellen im menschlichen Körper. Wir wissen, wie eine Krebserkrankung endet, wenn nicht ganz drastische Mittel zu ihrer Bekämpfung eingesetzt werden.

Wir haben auf einer bescheideneren Ebene ein gutes Beispiel: Das allgemeine Verkehrssystem, Eisenbahn, Fluglinien, Autobusse und den Individualverkehr mit PKWs. Es ist aussichtslos. Wir werden die Staus nicht los und jede neue Straße, jede neue Autobahn zieht so lange Verkehr an, bis auch sie überlastet ist.

Irgendwann wird die Natur sagen: „Der Versuch, ein intelligentes Lebewesen zu entwickeln, ist fehlgeschlagen."

„Es wird dasselbe Schicksal erleiden wie die Dinosaurier."

Der Zeitpunkt könnte in nicht allzu weiter Ferne liegen.

Vernetzt zu denken ist aber für die meisten Menschen äußerst schwierig. Das beginnt an den Abstellplätzen für Einkaufswagen bei den Supermärkten. Wenn die Leute ihren Wagen zurückbringen, schieben sie ihn an jene Schlange, die schon am längsten ist, nur aus Bequemlichkeit, anstatt eine kurze Schlange aufzufüllen, weil sie dazu drei Schritte mehr gehen müssten. Das kommt daher, dass unser Reflexsystem in Millionen von Jahren in kleinen Gruppen ausgebildet wurde und gegenwärtig durch Erziehung auch nicht bewusst auf die Bedingungen einer Massengesellschaft ausgerichtet wird. Es gibt aber auch ein Mittel, das Problem mit den Einkaufswagen zu lösen: Man gehe in die Supermärkte eines Discounters in Österreich.

Für das richtige Verhalten des Massenmenschen hat die Natur kein fertiges Rezept.

Aber schließlich hat uns die Phylogenese, die Entwicklung unserer Spezies, auch so etwas wie Vernunft und Verstand mitgegeben, um sich anpassend weiter zu entwickeln.

Was also nicht im Menschen angelegt ist, muss eben gelernt und damit auch gelehrt werden. Und da fehlt es grob. Unser ganzes Ausbildungssystem ist immer noch darauf fixiert, Wissen allein zu vermitteln. Wissen ist sicher notwendig. Aber es gehört dazu auch, und heute mehr denn je, Lebenskompetenz zu entwickeln, und daran fehlt es. Unser gegenwärtiges Bildungssystem ist, wie schon gesagt,

eine Maschine zur Erzeugung psychisch gestörter Menschen.

Auf dem demographischen Sektor ist das Ergebnis einer solchen ungebremsten Entwicklung zwangsläufig: Der kaum beschränkte Zustrom von Menschen, die aus einem gänzlich anderen Kulturkreis kommen und häufig „bildungsfremd" sind, und das heißt auch „kulturfremd" und die zudem durch ihre Natalität Bioaggression betreiben, hat die ganz einfache Konsequenz:

Wenn es so weitergeht wie bisher, ist Deutschland am Ende dieses Jahrhunderts mindestens zur Hälfte von Muslimen bevölkert.

Was das für Auswirkungen auf unser politisches System haben wird, davon kann man heute nicht einmal träumen. Unsere wirtschaftliche Stellung wird zunehmend geschwächt werden, unsere sozialen Strukturen werden in einem Chaos versinken und das wirtschaftliche Vakuum führt zu schweren politischen Turbulenzen.

Ob das von Seiten der eingesessenen Bevölkerung zu Pogromen führen kann, bleibt der Phantasie überlassen. Ein großes Pogrom und einige kleinere hat es ja schon gegeben, wenn auch nicht alle direkt in Deutschland. Aber die letzten, erst aufgedeckten Attentate, geben ernsten Anlass. Wir wünschen uns alle, dass ein solches Szenario nicht Wirklichkeit wird. Aber wir müssen uns darüber im klaren sein, dass dies keine Fata Morgana ist, deren Reflexbilder einfach verschwinden. Es liegt deutlich im Bereich des Möglichen. Denn in dem Moment, wo Zuwanderer die Mehrheit in einem Lande haben, gelten deren Gebräuche und Gesetze und nicht mehr die der Ureinwohner.

Wir entnehmen dazu dem Buch Thilo Sarrazins „Deutschland schafft sich ab", p. 326 ff, den folgenden Text, die Äußerung eines türkischen Unternehmers, Vural Öger:

„Im Jahr 2100 wird es in Deutschland 35 Millionen Türken geben. Die Einwohnerzahl der Deutschen wird dann bei ungefähr 30 Millionen liegen. Das was Kamuni Sultan Süleyman 1529 mit der Belagerung Wiens begonnen hat, werden wir über die Einwohner, mit unseren kräftigen Männern und gesunden Frauen, verwirklichen."

Das ist nur die Bestätigung des Satzes, erst die dritte Türkenbelagerung Wiens werde erfolgreich sein und ein Beweis für die Absicht einer islamischen Zangenbewegung. Die Statistik sagt genau dasselbe, siehe auch Buschkowsky, „Neukölln ist überall".

Wenn aber dieser Satz von Vural Öger nicht biologistische Aggression ausdrückt, dann verstehen wir die Welt nicht mehr. Können diese angeblichen 35 Millionen Türken nämlich nicht nur die deutsche Spitzenindustrie und –Wissenschaft am Leben erhalten, sondern können sie auch unseren Kulturraum, von Landschaft bis Architektur bis zu Lebensgewohnheiten am Leben erhalten?

Außerdem ist diese Äußerung eine Beleidigung aller deutschen Männer und Frauen. Und das gilt auch für den jungen Muslim aus Österreich mit seiner Schrift „Wir kommen".

Wir überlassen die Antwort jedem einzelnen Deutschen!

Denn es geht überdies auch um Kulturaggression, indem Schari'a, und andere Elemente, die unter der Flagge des Islam als Religion laufen, nach vorne gedrückt werden. Es kommt noch viel schlimmer: Der Islamist Abu Assad hat am 24. September 2012 in Berlin zu Terrorakten in Deutschland aufgerufen, um gegen das amerikanische Mohammed-Video zu protestieren, mit der Unterstellung, der Mohammed-Darsteller sei Deutscher. Das ist aber keinesfalls bewiesen! Das ist nicht nur Aufruf zu Verbrechen, das ist Landesverrat! Dazu passt genau der folgende Artikel: Wir zitieren den englischen Publizisten, Lord Weidenfeld, aus BILD, 2. März 2012, p. 2:

„Heute, am Anfang eines neuen Jahrhunderts, steht Europa wiederum vor gigantischen Gefahren.

Die Kräfte, die uns gegenüberstehen und unsere demokratischen, politischen Institutionen bedrohen, sind von einem Fanatismus beseelt, der die Flammen einer unerbittlichen Religion und einer antiwestlichen Ideologie gegen gerade jene Ideale schürt, die uns in Europa zusammenhalten.

Die extremen Islamisten meinen es ernst, wenn sie vom Dschihad der Zukunft, der Rückeroberung eines verlorenen Imperiums sprechen. (. . .)

Europa darf diese Tendenzen nicht von der Hand weisen. Die Terroroffensive, wie sie sich am 11. September 2001 in New York abspielte, musste als Wendepunkt und grimme Mahnung gelten. (. . .) **Der Arabische Frühling war ein Aufstand der Entmächtigten, aber er wandelte sich in kürzester Zeit zu einer weiteren Periode politischer Unsicherheit und drohender Schreckensherrschaft radikaler Elemente. Drei Viertel der Wählerschaft Ägyptens suchten ihr Heil in radikalen, dem religiösen Fanatismus zugeneigten Parteien.** (. . .)

Die finanzielle Neuordnung der Eurozone muss den Ausschluss des einen oder anderen Mitgliedes verkraften können, ohne dass wesentliche Sparten einer gemeinsamen Europapolitik langfristig gefährdet sind. (. . .)

Ein Wille zur Einheit und zur Verteidigung einer freien Gesellschaftsordnung müsste und könnte die lauernden Gefahren eines tragischen Niedergangs entscheidend abwenden."

(Ende des Zitates von Lord Weidenfeld.)

Darum handelt es sich: Um die lauernden Gefahren:

Dazu bringen wir Zitate aus der BILD-Zeitung vom 17. September 2012, p. 7, Auszüge aus dem Buch von Heinz Buschkowsky, Bürgermeister des Berliner Problembezirks Neukölln (41% Migrationsanteil) und „Berliner des Jahres 2010": „Neukölln ist überall".

Kaum ist das Buch erschienen, beginnt das Geheul der Gutmenschen: „Multikulturismus ist nicht tot", „Rassismus", „Rechtspopulismus". Die üblichen Pauschalangriffe, nirgends Begründungen und Argumente. Und wo wohnen diese Leute? In Neukölln-Nord oder in Berlin-Kreuzberg oder doch etwa in Wilmersdiorf oder Frohnau? Wir überlassen dem Leser die Antwort. Ihr Multikultis, ihr seid alle unglaubwürdig, ihr seid Fanatiker, das heißt, ihr seid Leute, die ihren Verstand stillgesetzt haben, um ihren Hirngespinsten freien Lauf lassen zu können. Wir zitieren Buschkowsky (aus der Bild Zeitung):

„Es geht mir (. . .) um die alltägliche Ohnmacht in einer Welt, in der man durch den Supermarkt zieht, Waren nimmt, an der Kasse vorbeimarschiert, ohne zu bezahlen, und der Kassiererin klarmacht, was ihr droht, wenn sie die Polizei holt.
    DA, WO KLEINEREN KINDERN VON GRÖSSEREN JUGENDLICHEN EIN WEGZOLL ODER EINE BENUTZUNGSGEBÜHR FÜR DAS KLETTERGERÜST ABVERLANGT WIRD. Wo junge Frauen gefragt werden, ob sie einen Befruchtungsvorgang wünschen. (. . .) Solange wir eine Politik des Alles-Verstehens und des Alles-Verzeihens betreiben und (. . .) signalisieren, dass wir gar nicht daran denken, die Verhältnisse zu ändern, weil diese Verwahrlosung der Sitten zur kulturellen Identität und zur Weltoffenheit gehören.
(. . .) Dieses ständige demonstrative Nichtbeachten von Umgangformen wie Höflichkeit oder Rücksichtnahme (. . .) ist es, was die Leute fragen lässt: Wo bin ich denn hier eigentlich? Ist das noch meine Stadt, meine Heimat? (. . .) Es sind auch keine Exzesse des Augenblicks, sondern es geht für die Platzhirsche immer wieder darum, wohlüberlegt zu demonstrieren, dass die Deutschen ihnen gar nichts zu sagen haben und dass die Regeln ihnen scheißegal sind (. . .) . Wenn Sie als Autofahrer Pech haben, dann hält jemand an und unterhält sich lautstark mit denjenigen, die dort vor dem Café sitzen. <u>Machen Sie nicht den Fehler, zu hupen oder auszusteigen. Sie könnten in eine unangenehme Situation geraten.</u>
(. . .) wenn sie als Deutscher glauben, hier den Chef markieren zu können, wird man ihnen zeigen, dass sie gleich die Stiefel ihres Gegenübers lecken. Anders ergeht es der Polizei auch nicht.
    Das alles passiert meistens in aggressiver Haltung und aggressivem Ton. Eskaliert die Situation, müssen die Streifenbeamten Verstärkung herbeiholen. Und es kommt zu einem richtigen Einsatz. Unter Umständen

auch mit körperlicher Gewalt (. . .) . Dann kann es dann hinterher schon einmal passieren, dass die Streifenbeamten von ihrem Dienstgruppenleiter gefragt werden. (. . .) *Ob ihnen nicht klar gewesen sei, dass mit Widerstand zu rechnen war? Ob sie nicht wüssten, wie solche Einsätze vom Gericht beurteilt würden?*

Diese Verhandlungen enden meist mit einem Freispruch für die Verkehrsrüpel. (. . .) Welche Aggressionen der Beamte (. . .) über sich ergehen lassen muss und wie er das Recht (. . .) überhaupt durchsetzen soll, interessiert diese praxisfremden „Gutmenschen-Urteiler" wenig.

Der (. . .) Hauptkommissar Gaertner sagte mir neulich, er könne sich nicht erinnern, einen Handtaschenraub oder einen Überfall von Einwanderer-jugendlichen auf eine Frau mit Kopftuch bearbeitet zu haben (. . .) . Das Feindbild sind die verhassten Deutschen (. . .)

Was wahr ist und was nicht, hat bei einem „Ungläubigen" keine Bedeutung.

(Ende des Zitates von Heinz Buschkowdky.)

Es besteht kein Zweifel an der Schilderung dieser unglaublichen Verhältnisse. Es ist ganz eindeutig. Es handelt sich um absolute Anarchie der übelsten Sorte. Und Buschkowsky zeigt auch auf das zusammenbrechende Schulsystem: Die Migranten sehen sich als Opfer.

Wie hat es so weit kommen können?

Einer von uns ist im Jahr 1967 zu viert mit zwei Autos in die Türkei gefahren. Damals gab es noch keine Bettenburgen in der Türkei, aber auch keinen Terrorismus des heutigen Zuschnitts.. Sie waren bis weit nach Anatolien gefahren, nach Konia, Kayseri, Bogazkoy (Hattusa, der alten Hauptstadt der Hethiter), und Ankara.

Und haben nur die besten Erfahrungen gemacht!

Sie haben Gastfreundschaft und Hilfsbereitschaft gefunden. Sie haben sich aber, wie auch Oriana Fallaci in „Der Zorn und der Stolz" berichtet, auch landesüblich verhalten:

Sie hatten auf der Fahrt hinunter ein wenig türkisch gelernt. Ihre Damen gingen nicht mit Ultra-Shorts auf die Straße, und wenn sie photographieren wollten, haben sie die Menschen gefragt, ob es ihnen recht sei. . . . Warum ging das so in guter Ordnung?

Weil die Menschen, die damals dort lebten, ihr Auskommen fanden, weil sie landesüblich normal gearbeitet haben und es auch dort strenge Regeln für das Wohlverhalten gab. Unser Mitarbeiter erzählt folgendes: Sie hatten in Kayseri einen Ansässigen gefunden, der deutsch sprach und sie geführt hat. Sie durften ihn nur unter der Bedingung zum Abendessen einladen, wenn er sie als Gegenleistung zum Frühstück einladen konnte. Während des Frühstücks hatte das Begleiterpaar unseres Mitarbeiters eine kleine Auseinandersetzung. Sagt ihr Gastgeber: „Man streitet nicht vor anderen." Hut ab.

Woher kommen dann diese moralisch vollständig enthemmten Kriminellen und Bandenmitglieder? Es gibt dafür wohl nur eine Erklärung: Sie kommen aus einer Bevölkerungsschicht, die es in ihrer Heimat zu nichts gebracht hat. Auch dort lebten sie sicher unter einer strengen Reglementierung (siehe Koran). Nun hören sie vom Schlaraffenland Deutschland und wenn sie dort ankommen, erkennen sie, dass dort alles erlaubt ist. Und das nützen sie natürlich über alle Grenzen hinaus auch skrupellos aus.

Sie sind ein Eitergeschwür in unserer Gesellschaft.

Ohne Behandlung wird der ganze Volkskörper vergiftet und die Behandlung sollte Aufgabe der Politik sein. Aber die Politik traut sich nicht, DENN die Politik wird von den Gutmenschen terrorisiert und deswegen geschieht nichts. Es gilt die Anekdote: Im Reiche der Blinden mache man den Einäugigen zum König.

Aber im Reich der Einäugigen macht man den Blinden zum König.
Denn den kann man herumstoßen! Kommentar überflüssig.

Angesichts dieser Kulturaggression muss man fragen: Wer von Ihnen will, dass folgendes geschieht, und wer von Ihnen will dafür verantwortlich gehalten werden?

- Dass in kommenden Jahren zunehmend unsere Kirchen, Dome, Münster und Kathedralen außer Benutzung kommen, in Verfall geraten und zu Supermärkten oder Moscheen umfunktioniert werden? Oder dass sie, wie Weihnachten 2012 in Österreich, Brandstiftern zum Opfer fallen?

    Gerade ist in Innsbruck, der Hauptstadt (Nord-) Tirols, die Rede davon, dass eine Kirche, erst vor etwa vierzig Jahren von einem bekannten Tiroler Architekten entworfen und gebaut, mangels Belebung abgerissen werden soll.

    Wenn, wie im März 2012 in der Presse zu lesen stand, dass der Großmufti Abd al-Aziz Ibn Abdullah Al asch-Schaich in Saudi-Arabien verlangt hat, christliche Kirchen in Arabien zu zerstören und den Bau von Kirchen zu verbieten, was können wir von einer solchen Mentalität erwarten? Ist das nicht Anstiftung zu einer Straftat, nämlich der mutwilligen Zerstörung von Gebäuden, also von Eigentum? Was würde uns im zivilisierten Mitteleuropa erwarten, würden wir dieselben Ansinnen in bezug auf Moscheen und islamische Bethäuser stellen?

    Gegen solche Menschen muss von der EU ein komplettes Einreiseverbot verhängt werden und in allen Kirchen gebetet werden, diese Menschen und Gleichgesinnte aus ihrer Verblendung zu heilen. Außerdem ist zu fragen, ob es im Strafgesetzbuch seines Heimatlandes keinen Paragraphen gibt, der die „Anstiftung zu einer Straftat" sanktioniert? Naive Frage – sicher nicht.

"Quo usque tandem abutere, Catilina, pazienza nostra?"
„Wie lange noch willst du, Catilina, unsere Geduld missbrauchen?"

Das sagte der römische Autor und Staatsmann Marcus Tullius Cicero 62 vor Chr., als er die Verschwörung des Lucius Sergius Catilina in seiner vierten Catalinarischen Rede aufdeckte. Im Jahr darauf fand Catilina in der Schlacht bei Pistoria den Tod.

Wie lange will sich das christliche Abendland solche Drohungen und Beleidigungen von seiten gänzlich fanatisierter Islamisten noch gefallen lassen?

- Dass es so wie in muslimischen Ländern (mit wenigen Ausnahmen, z. B. Kairo, Oman oder Damaskus) keine Opernhäuser und Konzertsäle gibt. Daher auch keine Aufführungen von Opern oder Darbietungen der großen Werke unserer Komponisten. Das gilt für die Matthäus Passion eines Johann Sebastian über die Jupiter-Symphonie eines Wolfgang Amadeus bis zur Fünften Symphonie eines Ludwig van Beethoven, aber ebenso von Musicals, von „OKlahoma" über „West Side Story", und „My Fair Lady" bis zu „Cats" und „Evita" und „Hair". Die Musikfeindlichkeit des gegenwärtigen Islam ist nicht einmal historisch belegt oder religiös zu begründen. Man denke nur an „Tausendundeine Nacht".

Dass aus unseren Museen – und nicht nur dort – alle Abbildungen von Menschen verschwinden, weil der Koran solche Abbildungen verbietet. Und nicht nur, dass sie in den Depots der Museen gelagert, sondern zerstört werden? Wir erinnern nur an die Buddha-Statuen in Afghanistan, die von den Taliban trotz internationaler Proteste rücksichtslos vernichtet worden sind und an die absolut irrsinnigen Zerstörungen von Heiligtümern in Timbuktu. Diese Menschen, diese Fanatiker, sind echt geistesgestört!

- Und am 13. November 2012 wird berichtet, dass ein solcher Salaafist, Murgon Salem al-Gohari, in Kairo im Fernsehen verlangt hat, die Sphinx zu zerstören.

Das alles bedeutet, dass die Mona Lisa aus dem Louvre, die Geburt der Venus von Botticelli aus den Uffizien, der David des Michelangelo vom Domplatz in Florenz, der Bamberger Reiter aus dem Bamberger Dom und alle Büsten, Stand- und Reiterbilder auf ewig dahin gehen?

Und das würde auch das antike Reiterstandbild des Kaisers Hadrian auf dem Kapitol in Rom betreffen.

- Dass unter anderem auch unsere Tisch- und Tafelkultur verschwinden muss, da der Islam kaum Wein und andere alkoholische Getränke duldet. Das bedeutet aber auch, dass unsere Winzer arbeitslos und die Kulturregionen des Weinanbaus verschwinden werden.
- Dass unsere Frauen nicht mehr im Bikini, sondern nur noch in kompletter Körperverhüllung – wenn überhaupt – im Schwimmbad oder am Strand auftreten dürfen? Es gibt keinen Grund zu lachen.

In den Malediven, einer Inselgruppe mit einer sehr starken Wellness-Touristik, wollen die extremen Islamisten jetzt alles das abschaffen, obwohl sie nur eine kleine Minderheit darstellen (NZZ, 19-01-2012, p. 5).

- Dass es keine Frauenbewerbe bei den Olympischen Spielen oder anderen Sportveranstaltungen geben wird? Auch wenn es kürzlich eine einzige arabische Teilnehmerin dabei gab.
- Dass der Freitag zum Pausentag der Woche wird, und nicht mehr der Sonntag?
- Dass, mit einem Wort, unsere gesamte, aus der Antike und vom Christentum über zwei Jahrtausende entwickelte Kultur zum Untergang verdammt ist?
- Dass Deutschland und Europa zu einem zweiten Kossovo werden?

Dort hat sich durch eine rapide Zuwanderung albanischer Muslime über einen historisch kurzen Zeitraum das gesamte Bild des Landes politisch und sozial geändert. Das hat schließlich in blutigen Auseinandersetzungen geendet und das Land lebt weiter in Armut und unter sozialer und politischer Spannung.

- Dass aus Mangel an qualifizierten Arbeitskräften, nicht nur unsere Industrie, sondern auch unsere Landwirtschaft zu Boden geht. Deutschland – und Europa – kann nur überleben, wenn es über ein reiches Reservoir an wirtschaftlich und technisch ausgebildeten Fachkräften verfügt. Fehlen diese, geht die Wirtschaft zu Boden und damit der Staat und das Volk.

Diesem Naturgesetz kann keiner ausweichen. Auch in der Landwirtschaft bedeutet Bauer zu sein, selbst im Zeitalter des Agrobusiness, in einer Tradition zu leben, der zufolge im Rhythmus der Jahreszeiten nach relativen Ruhezeiten immer wieder hart gearbeitet werden muss.

Es handelt sich dabei nicht nur um die Sicherung des Lebens unseres Volkes, sondern auch um die Pflege unserer Landschaften, ganz besonders jener in den Alpen. Ebenso aber auch um die Aufrechterhaltung eines naturgebundenen Lebensstils, der so sehr von der modernen Rastlosigkeit absticht.

In den Herkunftsländern der Migranten gibt es aber keine Kulturlandschaften wie hierzulande und deswegen kann auch dort all das nicht gelernt werden, was zu unseren natürlichen Traditionen gehört.

Wenn Sie auch nur zu einer dieser Fragen NEIN sagen, dann müssen Sie wissen, was zu tun ist. Die Zeit drängt. Keine weichen Ausreden. Wir müssen der Realität hart in die Augen schauen. Und entscheiden:

Kurz nach dem Jahr 700, nachdem sie bereits Kleinasien, Arabien und Nordafrika erobert hatten, haben die „Mauren" einen großen Teil der iberischen Halbinsel unterworfen und versucht zu islamisieren. Andere Religionen konnten nur mit Tributzahlungen der Gläubigen erhalten bleiben. Dieser Zwang zur Zahlung hat dann auch dazu geführt, dass viele Christen und Juden nominell zum Islam übergetreten sind. Es hat lange gedauert, bis die Spanier begriffen haben, was zu tun sei. Unter dem Königspaar der Isabella von Kastilien und des Ferdinand von Aragon ist im Jahr 1492 – dem Jahr der Entdeckung Amerikas – der letzte Kalif von Granada zurück nach Nordafrika vertrieben worden.

Niemand, kein Historiker und auch kein heutiger Politiker, hat etwas an dieser Befreiungsbewegung auszusetzen. Ihre Gründe und Ursachen liegen in der Autonomie eines jeden Volkes, auch eines Kontinentes, über seine Bestimmung und Zukunft selbst zu entscheiden. Das wird auch klar aus einem Zitat, das nicht aus einem politischen, sondern einem kunsthistorischen Buch stammt: „Hispania Romanica", Anton Schroll Verlag, 1962. Wir zitieren aus der Einleitung:

„ (. . .) wegen der besonderen historischen Situation, in der sich das Land während der romanischen Epoche befand. Nur mit großer Mühe vermochte es sich damals, wenigstens teilweise, aus den Fesseln des muselmanischen Orients zu befreien. (. . .) Auf Spaniens Boden spielte sich ein Kampf zwischen zwei feindlichen Welten ab, der das Schicksal Europas ganz wesentlich mitentscheiden sollte." (Ende des Zitates.)

„ (. . .) Fesseln des muselmanischen Orients (. . .)";
„ (. . .) Kampf zwischen zwei feindlichen Welten (. . .)";
„ (. . .) Schicksal Europas (. . .)"

Wie klingt das in den Ohren der heutigen Europäer? Läutet das eine Glocke? Oder erklingt bereits ein vielstimmiges Geläut? Oder hören wir nur die Hassgesänge der Gutmenschen? Geht es auch jetzt um das Schicksal Europas? Wir müssen die gravierenden Fehler der vergangenen Jahrzehnte und des vergangenen Jahrhunderts eingestehen und sie korrigieren. Um dabei von anderen zu lernen:

Wie zum Beispiel von Kanada, wo kein Zuzug von Bevölkerungselementen gestattet wird, die nicht qualifiziert und bereit sind, zu den Anstrengungen in Wirtschaft und Sozialkörper Wesentliches beizutragen

und sich zu integrieren.

Man muss sich klar zu machen, dass die Rückführung solcher Elemente, die schon seit längerem nur von Transferleistungen der übrigen Bevölkerung leben, nur eine Frage der sozialen Gerechtigkeit ist.

Das bedeutet die Auflösung von Parallelgesellschaften und von kulturellen Ghettos in unseren Städten. Das bedeutet auch, dass dies notwendig werden wird, da bisher fast alle Integrationsbemühungen und –Stützen nichts oder nur wenig gebracht haben, alles dies zu beenden. Wer zum Beispiel in die USA einwandert – oder schon über hunderte von Jahren eingewandert ist – musste aus eigenem Interesse für seine Integration sorgen, denn ohne eine solche gab es in der Wirtschaft keine Arbeit, und Transferleistungen gab es dort auch nicht. Und man muss es ihnen lassen: Die Amerikaner haben ein Nationalgefühl entwickelt. Bei der Nationalhymne legen sie die rechte Hand aufs Herz.

Dazu muss eben ganz klar und hart gesagt werden: Wir leben in Deutschland, einem europäischen Land mit einer gefestigten Kultur, mit Traditionen und Denkweisen, die uns nicht von außen übergestülpt worden sind, sondern sich – wenn auch zeitweise unter Auseinandersetzungen – über Jahrhunderte etabliert haben.

- Sicher müssen sich auch solche Strukturen ändern, aber wenn dies unter Druck und Drohungen einer gegenwärtig noch kleinen Minderheit geschieht, ist dem ein Riegel vorzuschieben.
- Allen Zuwanderern muss als erstes klar gemacht werden, auf welchen Werten unsere Gesellschaft beruht.
  Dazu gehört unter anderem, die Anerkennung, dass, wer Ehrenmorde, Zwangsverheiratungen und ähnliche Verbrechen nicht absolut ablehnt, in unserer Gesellschaft nichts zu suchen hat und sie verlassen muss. Anders geht es nicht. Delikte dieser Art dürfen nicht nur zur Verurteilung eines Täters führen, sondern zur Abschiebung der ganzen Familie oder des Clans.
- Es muss sein, dass der Anteil nicht integrationswilliger Bevölkerungselemente auf unter ein Prozent zurückfällt. Dazu werden Familienunterstützungen nur bis zum Durchschnitt der Kinderzahl in deutschen Familien gezahlt. Das verhindert, dass Migrantenfamilien sich nicht durch Produktion in der Wirtschaft, sondern durch die Produktion von Kindern ein angenehmes Leben machen. Und die rechtlich zwingende standesamtliche Trauung wird von uns sofort wieder eingeführt, um mit muslimischen Vielehen auch eine „Kinderexplosion" zu verhindern.

Und was können wir tun, um dieses Szenario NICHT Wirklichkeit werden zu lassen? Es gibt dazu ein probates Mittel:

Wehret den Anfängen.

Dazu können wir – rein theoretisch, aktiv zwei Wege einschlagen, (2) und (3).

Zum zweiten Weg:

(2) Deutschland wird revolutionär, bricht bedingungslos aus der EU und anderen Verflechtungen aus (WTO, IMF, Weltbank), erhöht die Natalität, reduziert den Migrationsanteil mit Gewalt und geht seinen eigenen Weg

In diesem Fall ist es noch stärkeren feindlichen Kräften als im Fall (1) ausgesetzt.

Es könnte geschehen, dass Deutschland in einem unvergleichlichen Kraftaufwand seine wirtschaftliche Position halten kann, aber es wird den Sanktionen und Attacken des Kriminal-Kapitalismus ausgesetzt werden.

Es wird Angriffe der Spekulanten zu erwidern haben und das „Zeter- und Mordio-Geschrei" von Rating Agencies ertragen müssen. Es müsste schließlich auch den Verunglimpfungen der „Gutmenschen" begegnen, die im Multi-kulti-Brei das erstrebenswerte Ziel sehen.

Auch die Attacken von EU, WTO, IMF und Weltbank müsste Deutschland kontern. Diese Institutionen dienen der Rücksichtslosigkeit des Kriminal-Kapitalismus, ohne dass an die sozialen Aspekte ihrer Politik auch nur gedacht wird. Wenn ein Land Kredite vom IMF benötigt, werden ihm Kürzungen in den verschiedensten sozialen Bereichen auferlegt. Wir nennen als erstes das Schul- und allgemeine Ausbildungswesen, dann Gesundheitsvorsorge, Alterspensionen und kulturelle Tätigkeiten. Das sind aber genau die Faktoren, die entscheidend sind für den Zustand der sozialen Atmosphäre in einem Land.

Das bedeutet aber, dass die allgemeine Stabilität eines solchen Landes geschwächt wird. Und nur die Qualität der Ausbildung der nachwachsenden Generationen bedingt für die Zukunft die internationale Konkurrenzfähigkeit eines jeden Landes.

Im Inneren werden sich in Deutschland im Fall (2) zusätzliche Spannungen durch die Versuche zur Zurückdrängung von Migration und Überfremdung ergeben. Das könnte Deutschland nur mit sehr starken Partnern überleben. Wo diese zu finden seien – sicherlich nicht in erster Linie in Europa – bliebe vorerst noch offen. Das ist mit Sicherheit ein Weg, der nicht einzuschlagen ist. Ihn einzuschlagen wäre ein Verzweiflungsakt, und ein solcher führt nur selten zu einem positiven Erfolg.

Bleibt der Dritte Weg.
Für Deutschland!

(3) Es wird evolutionär, aber in Besinnung auf seine eigenen Werte und Notwendigkeiten und setzt seine Forderungen durch

Wer Evolution verhindert, wird von Revolution eingeholt.

Dieser Weg erheischt einen ganz ungewöhnlich hohen Grad an nationaler Einigkeit, denn auch auf diesem Weg wird es nicht an Attacken, Verleumdungen und anderen Tricks des Kriminal-Kapitalismus und der Gutmenschen fehlen. Vor allen Dingen müssen die eigenen Notwendigkeiten klar erkannt und unerbittlich verfolgt werden. Auch hier gilt das Gleiche wie unter Punkt (2), aber es ist möglich, dabei die Initiative in der Hand zu behalten. Es gibt ein chinesisches Sprichwort:

Spanne den Bogen, aber schieße den Pfeil nicht ab;
gefürchtet bist du am mächtigsten.

Schon die Erwähnung einer kritischen Maßnahme kann das bewirken, was eigentlich erst die Maßnahme selber bewirken sollte. Das ist das bekannte Prinzip der sich selbst erfüllen Prophezeiung. Siehe Paul Watzlawick, „Anleitung zum Unglücklichsein" und „Wie wirklich ist die Wirklichkeit?" Es gilt auf diesem Wege, in Deutschland vor allem die Selbstsicherheit und den Glauben an eine positive Zukunft zu stärken und aufrecht zu erhalten. Das muss beginnen in den Schulen, das müssen sich auch die Vertreter anderer Institutionen auf ihre Fahne schreiben, aber besonders die Politiker und Wirtschaftskapitäne.

Wir lesen aus der „Ersten Rede an die Deutsche Nation" von Johann Gottlieb Fichte:

„Was seine Selbständigkeit verloren hat, hat zugleich verloren das Vermögen einzugreifen in den Zeitfluß, (...) es wird (...) abgewickelt durch fremde Gewalt, die über sein Schicksal gebietet, es hat von nun an keine eigene Zeit mehr, sondern zählt seine Jahre nach den Begebenheiten und Abschnitten fremder Völkerschaften und Reiche."

Klingt das nicht irgendwie bekannt? Wollen auch wir durch fremde Gewalt abgewickelt werden? Nun, wir haben Belege, dass auf ähnliche Weise mit dem deutschen Volk verfahren werden soll, um ihm seine geistige und politische Selbständigkeit zu nehmen.

Belege aus der hohen Politik und von den „Menschen auf der Straße" liegen vor. Und sie zeigen ein erschreckendes Niveau der Blindheit, der Unkenntnis, und der Verleugnung solcher Zusammenhänge. Wir sind gespannt auf die Reaktion, die unsere Beweise hervorrufen werden. Wir warten auf das Übliche:

**Nicht auf sachliche Argumente, sondern auf Hasstiraden.
Jemandem, der die Wahrheit gesagt hat, wurde genau so mitgespielt.**

Zur Quelle von den „Menschen von der Straße":

Am 25. Oktober 2011 war im Kulturradio Ö1 des österreichischen Rundfunks eine Sendung zu hören, in der ein – seinerzeit verhafteter und zu Gefängnis Verurteilter – Republikflüchtling aus der DDR folgendes berichtete: Er sei im Gefängnis immer wieder in einem leeren Raum auf einen Stuhl gesetzt worden und nichts habe sich ereignet. Nur fand er nachher rote Flecken auf seinen Wangen.

Erst nach seiner Befreiung im Rahmen der Wende wurde klar, was da passiert war:

Man hatte ihn – und andere Republikflüchtige – sozusagen als Fahnenflüchtige zum Tod verurteilt. Dies aber nicht vor dem Exekutionskommando, sondern mit intensiver Schädigung durch radioaktive Bestrahlung, auf eine Weise, dass eine spätere Krebserkrankung nicht auf die Ursache zurückgeführt werden könne (hätte die DDR weiter bestanden).

Wahrhaft ein diabolisches Vorgehen.

Wenngleich dieses Beispiel aus einer jetzt verschwundenen Diktatur stammt, geschieht Ähnliches überall auch heute noch gegenüber dem Einzelnen. Es genügt den Namen Thilo Sarrazin zu nennen, auch wenn er nicht an Leib und Leben bedroht wurde.

Und zur Quelle aus der hohen Politik: Wir zitieren nochmals Frederick Forsyth aus FOCUS 34/2010:

„Es ist Zeit für Deutschland, wieder aufzustehn."

Es geht um die politischen Grundsätze, nach denen ein einiges Europa aufgebaut werden soll. Frederick Forsyth zitiert Jean Monnet, den „Vater der Montan-Union und der EWG", der seine Vorstellungen vor gut vierzig Jahren (Bezugspunkt 2010) einmal in kleinem Kreis geäußert hat (vielleicht bei einer Bilderberg-Konferenz?).

Sie sind trotzdem überliefert worden:

(Wer es nicht wissen sollte: Die Bilderberg-Konferenzen wurden 1954 vom Prinzen Bernhard der Niederlande ins Leben gerufen, indem er Regierungsspitzen, Wirtschafts- und Finanzmanager privat, ins Hotel Bilderberg nach Oosterbek in Holland, einlud. Die vorletzte der Bilderberg-Konferenzen fand vom 9. bis 12. Juni 2011 im Palace-Hotel in St. Moritz statt, die letzte (2012) in Israel. (Was während dieser Konferenzen gemauschelt wird, darf nie an die Öffentlichkeit dringen – mit ganz wenigen Ausnahmen, deren eine vielleicht in dieser Schrift zitiert wird.)

Unter anderem sind am Treffen 2011 im Palace-Hotel in St. Moritz aus Deutschland, Österreich und der EU Brüssel die folgenden Teilnehmer bekannt:

- Josef Ackermann, Deutsche Bank.
- Peer Steinbrück, Bundestag, früherer Finanzminister.
- Werner Faynman, österreichischer Bundeskanzler.
- Rudolf Scholter, Österreichische Kontrollbank.
- Neelie Kroes, Vizepräsident EU.
- Herman von Rompuy, Präsident Europarat

Wir wenden uns jetzt dem Text von Frederick Forsyth zu, der sich auf die Strukturierung der EU bezieht. Wir zitieren seine Worte (aus dem Jahr 2010):

„ (. . .) **Ich will Ihnen etwas erklären. Ohne ein Zitat geht es dennoch nicht. (. . .) Es fiel bei einem privaten Treffen, vor mehr als 40 Jahren. Es stammt von Jean Monnet, dem legendären Wegbereiter dessen, was wir heute als Europäische Union kennen. (. . .)**

In der allgemeinen Erinnerung begann die EU als Europäische Wirtschaftsgemeinschaft. Sie war ein gemeinsamer Markt, so heißt es, der die Handelsbeziehungen vereinfachen, den jeweiligen Ländern aber ihre Souveränität lassen sollte, damit diese nach dem Wunsch ihrer Wähler regiert würden. Wir sollten uns aber auch daran erinnern, dass Jean Monnet, der 1979 starb, zum Präsidenten des

‚Action Committee for the United States of Europe'

ernannt wurde. Die letzten vier Worte sind entscheidend: „United States of Europe". Sie umreißen keinen gemeinsamen Markt, keine Gemeinschaft, keine Vereinigung, sondern sind eine direkte Anspielung auf die Vereinigten Staaten von Amerika – EINE vereinte Nation. Wenn das von Anfang an das Ziel war, wie wollte man es erreichen? Jean Monnet machte folgenden Vorschlag:

> ‚Europäische Länder müssen in einen Superstaat überführt werden, ohne dass die Bevölkerung versteht, was geschieht. Dies muss schrittweise geschehen, jeweils unter einem wirtschaftlichen Vorwand (. . .)'"

Nein, ich habe nichts erfunden.

> **Das war es, was der Gründervater gesagt hat.**

In der Realpolitik gibt es vier Methoden, um große Ziele zu erreichen. Die erste heißt Gewalt, Invasion, Eroberung, Besatzung, Nötigung.

Die zweite Methode ist, diejenigen, die sich widersetzen, zu bestechen.

Um Europa zu vereinen, war nach 1945 die erste Methode vollkommen ausgeschlossen. Und für die zweite gibt es einfach nicht genügend Geld. Bleiben die Methoden drei und vier.

Es ist ein honoriger Plan, die verfeindeten Völker unseres Kontinents zu vereinen und Krieg zu ächten. Aber das kann nur unter einer Bedingung gelingen, mit dem Einverständnis der Bürger.

Monnet und alle seine Nachfolger wählten den vierten Weg:

Herrschaft durch Täuschung.

Verlogenheit durchzieht die EU von oben bis unten, und die größte Lüge lautet, dass Täuschung und Demokratie einander nicht ausschließen. Sie tun es aber.

Betrachten wir kurz das (. . .) Wort „Demokratie". (. . .) Sie ist eine zarte Blume(. . .). Wie eine Orchidee benötigt sie bestimmte Bedingungen, um zu gedeihen. Drei Bedingungen möchte ich Ihnen vorstellen:

- Diejenigen, die an der Spitze der Macht sind, müssen von uns, dem Volk, gewählt worden sein. (. . .)
- Die zweite Bedingung lautet: Die Mächtigen müssen für ihren Umgang mit der Macht zur Rechenschaft gezogen werden. (. . .)
- Bedingung Nummer drei lautet, dass die Mächtigen aus dem Amt entfernt werden können, wenn sie dem Volk missfallen."

(Ende des Zitates.) Manche dieser Vorschläge werden schon diskutiert.

Hier erkennen wir, wie weit wir von einem solchen und voll transparenten Machtsystem entfernt sind. Und jetzt (12. Oktober 2012) wird der EU der Friedensnobelpreis verliehen! Ist das berechtigt? Die EU lobt sich hoch, da sie für fast siebzig Jahre Frieden in Europa gesorgt habe. Die Tatsache ist nicht abzustreiten, aber die Friedensjahre sind wohl eher auf den Schock des Zweiten (und Ersten) Weltkriegs zurückzuführen. Aber die Entwicklung ist einen Weg gegangen, und geht ihn weiter, der mit den ursprünglichen Idealen nur mehr wenig zu tun hat. Unsere Kritik wird nicht ausbleiben.

Auch Hugo Portitsch sagt in „Was Jetzt" dasselbe:

„Eine (. . .) Ursache liegt erneut bei der EU (. . .) in ihrer Struktur: Für alle Fragen der Wirtschaft, der Finanzen, der Politik sind Kommissare zuständig. Jeder für ein Spezialgebiet. Sie benehmen sich wie Minister, so als hätten sie tatsächlich für das gesamte EU-Gebiet innerhalb ihres Fachbereiches alle ihnen notwendig erscheinenden Gesetze und Verfügungen zu erlassen."

Haben wir das Wort „Kommissar" nicht schon einmal gehört? Ach ja, In der Diktatur des sowjetischen Russland, und in Frankreich gibt es das « COMMISSARIAT à l'énergie atomique ». Genügt das?

Und weiter sagt Hugo Portitsch:

„ (. . .) weil die EU selbst Fehler macht. Allem voran die fehlende Transparenz. Gewiss, alles was innerhalb der Kommission (. . .) vor sich geht, wird sicherlich registriert und lässt sich auch einsehen. Aber der Bevölkerung (. . .) bleibt dies im wesentlichen verborgen".

(Ende des Zitates von Hugo Portitsch.) Siehe Frederick Forsyth über Jean Monnet.

Auch Hans Magnus Enzensberger schlägt in dieselbe Kerbe:

„Sie (die EU, unsere Anmerkung) **stellt sich als eine höhere Gewalt dar, der sich nichts in den Weg stellen kann, am allerwenigsten die jahrhundertealten Traditionen, Mentalitäten und Verfassungen der europäischen Länder. (. . .) Seit den Tagen der Montanunion ist das Projekt der wirtschaftlichen Integration stets ohne Rücksicht auf die ökonomische, territoriale, ethnische und religiöse Verschiedenheit der Teilnehmerstaaten vorangetrieben worden – eine Geschichtstaubheit, über die kein Karlspreis und keine Sonntagspredigt hinwegtäuschen können."**

Einschub:

> Und es geht nicht nur darum, dass die europäischen Länder und Nationen Wesenseinheiten sind, die über lange Jahrhunderte gewachsen sind – mit Kämpfen, mit Rückschlägen, aber organisch, das heißt mit einer Dynamik der beteiligten Kräfte. Es geht auch um die moderne Wirtschaft. Und da sind Fehler gemacht worden, die im nachhinein entweder als dilettantisch oder böswillig gesehen werden können. Wir überlassen dem Leser die Wahl.

Wir zitieren Hans Magnus Enzensberger weiter:

„**Um die immanenten Widersprüche zu beschreiben, (. . .) genügen die Mittel der Systemtheorie. Sie besagt, daß eine Komplexitätsreduktion, wie sie mit der Wirtschaftsgemeinschaft erreicht werden soll, unvermeidlich neue Komplexitäten erzeugt, deren Kosten so hoch ausfallen können, daß sie das System aus den Angeln heben. (. . .) Das führte zunächst dazu, dass sich die Weichwährungsländer durch fortgesetzte Abwertungen zu retten versuchten. Aber dieser Ausweg stand ihnen nur offen, solange es keine gemeinsame Währung gab. (. . .)
Die Regierung in Athen hat sich dabei durch besonders skrupellos gefälschte statistische Angaben hervorgetan, auf die Eurostat, das statistische Amt der Union, (. . .) jahrelang hereingefallen ist. (. . .) Mit dem Beschluss, eine gemeinsame Währung einzuführen, (. . .) schuf schon 1979 die damalige EWG ein Kunstgeld namens ECU. (. . .) Es ist wohl kein Zufall, daß damit an eine französische Goldmünze erinnert werden sollte, die dort vom Mittelalter bis zur Renaissance gebräuchlich war."**

(Ende des Zitates von Hans Magnus Enzensberger.)

Der „ECU" bestätigt die Absicht, schon seit den Zeiten des EWG-Präsidenten Jacques Delors (1925 -) zu erkennen: Frankreich auf diesem Wege in Europa wieder an die Macht zu bringen. Dagegen den Schatten deutscher Vormacht an die Wand zu malen, ist Panik.

Und dann kam die Scharade der „EU-Verfassung" mit dem Stabilitäts- und Wachstumspakt, um dessen Regeln sich nie jemand gekümmert hat. Aber sind das wirklich nur Fehler? Steckt da nicht etwas ganz anderes dahinter? Die geheime Absicht, alles über einen Leisten zu schlagen? Das wird nicht nur in bezug auf die Nationalstaaten Europas versucht, sondern auch in bezug auf die Unterschiede in intellektueller Qualität innerhalb der Bevölkerungen:

Dazu eine parallele Quelle aus Amerika als Kommentar zu Thilo Sarrazin:

In dem Jahrhundert-Bestseller von Lee Harper "To Kill a Mockingbird", (deutsch „Störe nicht die Nachtigall"), lässt die Verfasserin die Hauptperson des Buches, den Rechtsanwalt Atticus Finch, (superb im Film gespielt von Gregory Peck) bei der Verteidigung des einer Vergewaltigung angeklagten Afro-Amerikaners, Tom Robinson, sagen:

„ (. . .)Thomas Jefferson hat einmal gesagt, alle Menschen seien gleich erschaffen – ein Satz, den uns die Yankees und die weiblichen Mitglieder des Repräsentantenhauses in Washington so gern unter die Nase reiben. Heute, im Jahr des Heils neunzehnhundert fünfunddreißig, besteht bei gewissen Leuten die Neigung, diesen Satz aus dem Zusammenhang zu reißen und ihn in der unsinnigsten Weise anzuwenden. Nur ein Beispiel, das an Lächerlichkeit unübertroffen ist: Die Pädagogen, die das öffentliche Erziehungswesen leiten, erheben die Forderung, dumme und faule Schüler zusammen mit den fleißigen in die nächsthöhere Klasse zu versetzen. Sie erklären mit ernster Miene, dass alle Menschen gleich erschaffen seien und dass sitzengebliebene Kinder folglich schwere Minderwertigkeitskomplexe entwickelten. Wir wissen jedoch, dass die Menschen nicht in dem Sinne gleich erschaffen sind, wie es uns einige Leute einreden möchten. *Manche sind gescheiter als andere*, manche haben auf Grund ihrer Herkunft größere Chancen, manche Männer verdienen mehr Geld, manche Damen backen bessere Kuchen, *manche sind mit Begabungen geboren, die weit über den Durchschnitt hinausragen*." (Hervorhebungen durch uns.)

(Ende des Zitates von Lee Harper, aus der deutschen Übersetzung).

Genau dasselbe steht in „Die Zeit" 31, 2i012, 26 Juli, p. 35:

„Intellektuelle Eigenschaften werden von Eltern auf ihre Kinder stärker übertragen als Persönlichkeitsmerkmale." (Deutsches Institut für Wirtschaftsforschung).

Genau auf diese naturgegebenen Unterschiede weist Thilo Sarrazin hin. Auf nichts anderes.

Was die Multi-kultis anbetrifft, die Nationalstaaten und Völker abschaffen wollen, so sei direkt Thilo Sarrazin zitiert:

„Das wirtschaftlich vereinte und außenpolitisch handlungsfähige Europa wird auch in 100 Jahren noch aus Nationalstaaten bestehen. (...) Nur auf dieser Ebene gibt es eine wirkliche demokratische Legitimation und nur dort kann man die Kraft zur gesellschaftlichen Erneuerung finden."

Dieselben Argumente finden sich auch bei Sebastian Haffner (Anmerkungen zu Hitler):

„Eine Binsenwahrheit ist (...), dass es verschiedene Völker gibt, obwohl man das Wort seit Hitler kaum noch in den Mund nehmen darf, auch verschiedene Rassen. (...) Dies nur als (...) Warnung davor, alles, was Hitler gedacht und gesagt hat (...) nur darum schon als indiskutabel zu verwerfen, weil er es gedacht und gesagt hat, und jedem, der Völker und Rassen als die Realitäten behandelt, die sie sind, oder dem Nationalstaat das Wort redet, (...) mit dem tödlichen Namen ‚Hitler' über den Mund zu fahren. (...) Dass Hitler falsch gerechnet hat, schafft die Zahlen nicht ab."

Wir wiederholen:

„Dass Hitler falsch gerechnet hat, schafft die Zahlen nicht ab."

Das bringt uns zum Prinzip von Charles de Gaulle, nämlich zum

« l'Europe de patries », dem „Europa der Vaterländer".

Der Gegensatz zwischen diesen beiden Vorstellungen, von utopischer Gleichschaltung von Kulturen einerseits und deren natürlicher Unterschiedlichkeit andererseits war auch ein Thema, am 9. Januar des Jahres 2012, des Vortrages des Fürsten Hans-Adam II. von und zu Liechtenstein in der Aula der Universität Innsbruck, zu seinem Buch „Der Staat im Dritten Jahrtausend". Es geht darin um Selbstbestimmung und Gleichgewicht zwischen politischen Kräften.

Wir müssen uns immer ins Bewusstsein rufen, dass es unerträglich ist, sich den Zuständen zu unterwerfen, die mehr und mehr deutlich werden. Hans Magnus Enzensberger bestätigt diesen Sachverhalt in seiner bereits zitierten Schrift „Sanftes Monster Brüssel oder die Entmündigung Europas". Nach unserer Ansicht handelt es sich aber nicht um ein sanftes, sondern um ein

autokratisches, gewalttätiges, inkompetentes Monster. Genauso unerträglich, wie die deutsche Okkupation für Stéphane Hessel.

Die EU arbeitet unter anderem auch daran, in Europa Unterschiede in Steuerrecht und anderen Regulativen abzubauen und diese zu vereinheitlichen. Das wird oft zum Anlass genommen, Verlust der Souveränität zu beklagen. Souveränität besteht aber viel weniger darin, dass jedes Land sein Steuerrecht oder seine Straßenverkehrsordnung nach Eigenem verfassen kann, sondern in ganz anderen Dingen. Bei den Regulativen geht es um Formales. Seien wir froh, nicht in einem anderen Land im Verkehr wegen einer Übertretung zur Kasse gebeten zu werden, die es im eigenen Land nicht gibt.

Die Souveränität eines Landes, also auch Deutschlands, besteht aber darin, dass man sich im ganzen Land frei nach Sitte und Gebrauch bewegen kann, ohne (in einem Ghetto) mit Kulturaggression konfrontiert zu werden.

Die Souveränität wird aber beeinträchtigt, wenn man Rücksicht nehmen muss auf Mitbewohner, die aber ihrerseits keinerlei Rücksicht zu nehmen gewillt sind. Und das nennt man Toleranz und Integration. Wir sehen es ja an allen Ecken und Enden: Menschen, die zu uns kommen und deren soziale und politische Vorstellungen nicht nur mindestens um Jahrhunderte zurück datieren, sondern die ihnen einzementiert sind.

Nein, so nicht! Keine Einbahnstraße!

Dagegen hilft nur die eigene Selbstsicherheit zu stärken. Diesen Imperativ zur Selbstsicherheit müssen sich vor allem alle Eltern auf ihre Fahne schreiben, die heute (noch) in einigermaßen gesicherten Verhältnissen leben. Der Wind der Zeitenwende muss sie aufrütteln. Wir kommen darauf zurück im Abschnitt (4), „Rede an die junge Generation – die Unzufriedenen", und im Abschnitt (7) der Zweiten Rede, „Rede an die Älteren – die sich gesichert glaubten".

Wir dürfen diese Zeitenwende nicht einfach über uns ergehen lassen. Keine Situation ist so aussichtslos, als dass man nicht etwas zu ihrer Bewältigung unternehmen könnte.

Nur wer den Blick gebannt, wie das Kaninchen auf die Schlange, auf das herankommende Verhängnis richtet, schließt in seinem Kopf die Türe zu kreativem, das heißt gelassenem Denken. Neue Lösungen finden sich nur mit Phantasie, nicht im Nachbeten der Werbesprüche der heute Mächtigen.

Es genügt nicht, sich zu empören. Alle müssen wir handeln!
Es muss ein Ende sein. Es muss ein neuer Anfang sein.

Und dazu ist vor allem die Jugend berufen. An sie wollen wir uns jetzt wenden:

Und es soll eines klar werden: Sicher müssen wir, und Ihr, Euch alle um pragmatische Situationen sorgen und wir, und Ihr, müssen praktikable Lösungen ansteuern. Aber dabei darf nie vergessen werden, dass es sich nicht nur um „umplanen" oder „um-tun" handelt, sondern nochmals um

„Metanoíete. Μετανοίετε."

Habt Denkmut, nicht Denkangst!
Seid denkstark, nicht denkschwach!

Wir rufen uns die Worte ins Gedächtnis, die vor vielen Jahren, bei einem der frühen Salzburger Adventsingen, von dem Schriftsteller Karl-Heinz Waggerl gesprochen wurden:

„Es ist kein Trost und kein Heil bei der Weisheit der Weisen und bei der Macht der Mächtigen.

Und darum sind es allein die Kräfte des Herzens, die uns vielleicht noch einmal werden retten können."

„Und darum sind es allein die Kräfte des Herzens, die uns vielleicht noch einmal werden retten können."

Haltet das nicht für Gefühlsduselei, für Weichherzigkeit und Blauäugigkeit. Es ist die Einsicht, dass uns die Glaubensgewissheiten des kapitalistischen Zeitalters in eine Sackgasse geführt haben. Und wie kommt man aus einer Sackgasse heraus?

Indem man schleunigst herausfährt und eine ganz andere Richtung einschlägt! Und auf welche Weise? Unsere Antwort ist ganz einfach:

Indem man alle Menschen mit Aufrichtigkeit, Würde und Respekt behandelt.
Aber das muss natürlich auf Gegenseitigkeit beruhen.

Das sind nur andere Worte für soziales Verantwortungsgefühl und die Einsicht von Clive Warrilow, vor gut zwölf Jahren Chef von Volkswagen Amerika, der geschrieben hat:

„Ich habe fast mein ganzes Berufsleben gebraucht, bis ich erkannt habe, welche Kräfte freigesetzt werden, wenn man Menschen mit Aufrichtigkeit, Würde und Respekt behandelt."

Diese Denkweise stammt ursprünglich vom Kalifornier Monty Roberts, der bekannt ist als „der mit den Pferden spricht", und der lehrt, dass, wer mit Pferden Vertrauen aufbauen lernt, das dann auch mit Menschen besser kann. Monty Roberts bietet uns noch einen weiteren Lehrsatz an (aus „Das Wissen der Pferde (. . .)"):

„Niemand von uns ist mit dem Recht geboren,
zu einem anderen Menschen oder einem Tier zu sagen:
Du tust, was ich dir sage, oder ich werde dir weh tun."

Auf unseren Schulen, besonders den Hohen Wirtschaftsschulen, wird immer noch nach dem Prinzip des Puritanismus gelehrt:

„Sei erfolgreich in diesem Leben, dann gehörst du zu den Auserwählten."

Das stammt von Erich Fromm, aus „Die Revolution der Hoffnung". Diese Einstellung, die zum Kampf eines Jeden gegen Jeden führt, ist eine tödliche Krankheit der Gesellschaft. Sie muss geheilt werden, und dazu haben wir noch ein chinesisches Sprichwort:

Nur der ist wirklich auf seinen eigenen Vorteil bedacht,
der auch den Vorteil des anderen im Auge hat.

In diesem Sinne wenden wir uns an die junge Generation. Wir hoffen, dass es Euch allen inzwischen klar geworden ist, dass uns vor allem wichtig ist: Erfahrung und Begeisterung.

Es ist bemerkenswert, dass die ersten Weckrufe in dieser Zeit nicht von jungen Revolutionären kommen, sondern von Menschen, die noch den Großteil des chaotischen Zwanzigsten Jahrhunderts miterlebt haben. Sie haben aus diesen Erlebnissen auch die richtigen Konsequenzen gezogen, wie etwa Stéphane Hessel, Thilo Sarrazin, Jean Ziegler, Hugo Portitsch und Hans Magnus Enzensberger. Auch wir gehören zu dieser Generation.
Dieser Weckruf hat seinen Grund: Unsere Jugend ist in Wohlstand und im Überfluss aufgewachsen und wurde durch ein Erziehungs- und Ausbildungssystem zu Konformismus und in Abhängigkeit von dem unglaublichen Schlagwort der "political correctness" erzogen – und missgebildet (nicht im physischen Sinn).

Man hört von allen Seiten, die Jugend sei desillusioniert und voller Zukunftsangst. Aber mehr und mehr findet sich gerade bei jungen Menschen die Einsicht, dass etwas in unserer Gesellschaft von Grund auf falsch und unehrlich ist, und sie suchen nach neuen Wegen. Wir können ihnen nicht abnehmen, diesen Weg zu gehen. Aber wir können in die richtige Richtung weisen. Und wir sagen es betont:

Es geht nicht ohne Begeisterung.

Wir brauchen diese Begeisterung, die sich im Vertrauen auf die eigene Kraft aufrechterhält!

Wer immer den weiteren Text liest, gelangt vielleicht zur Ansicht, das sei alles überzogen, hätte keinen Bezug zur Realität. Es handle sich im Hirngespinste realitätsfremder Psychopathen. Dann hat er den Text falsch gelesen.

Er soll an das Wort dies italienischen Regisseurs Federico Fellini (1920-1993) denken:

Der einzig wahre Realist ist der Visionär.

Denn die Geschichte zeigt uns ganz deutlich, dass alles Große mit einer Vision beginnt:

- **Alexander (der Große) oder die Verwandlung der Welt.**
- **Jesus Christus oder die Religion des Christentums.**
- **Augustus oder das Imperium Romanum.**
- **Die Fahrt des Kolumbus ins Ungewisse (nach Japan?).**
- **Die Reformation des Martin Luther.**
- **Die (klein-)deutsche Einigung des 19. Jahrhunderts.**
- **Fliegen mit Geräten schwerer als Luft, Wilbur und Orville Wright im Jahr 1904.**
- **Die Utopie des gerechten Staates des Kommunismus.**
- **Der Aufbruch des Menschen in das Weltall.**

Alles was Realität wurde, war einmal Vision.

Denkt darüber nach: Wir weisen nur noch auf das hin, was später im Text wiederholt wird. Schon die Ankündigung einer Maßnahme erzeugt das gewünschte Ergebnis.

Spanne den Bogen, aber schieße den Pfeil nicht ab; gefürchtet bist du am mächtigsten.

Also geht mit Visionen in die Zukunft.

(4) Rede an die junge Generation – die Unzufriedenen

Ihr seid die Zukunft der Nation, Ihr, die Jungen, Frauen und Männer. Allein Ihr seid imstande, Euch nimmer zu beugen, Euch kräftig zu zeigen.

Auf Euch ruht die Hoffnung der Nation.

Wir wollen in diesem Abschnitt keine heroischen Aufrufe verbreiten. Wir wollen hart und sachlich sagen, was ist, und ebenso hart und sachlich sagen, was zu tun und zu ändern ist. Und wir beginnen mit einer Warnung, ausgesprochen von dem Politdenker des hohen Mittelalters, Niccolò Machiavelli (1469-1527) in seinem bekanntesten Werk „Il Principe", „Der Fürst". Er wird oft beschuldigt, ein Zyniker gewesen zu sein, der rücksichtsloser Machtausübung das Wort geredet habe. Nichts ist falscher als das. Die Sätze 17 und 18 aus dem Kapitel VI, im Italienisch des 15./16. Jahrhunderts, beweisen das und

sagen ohne Beschönigung, was ist.

Niccolò Machiavelli, Il Principe, Capitolo VI.

(17) "E' debbesi considerare come e' non è cosa piú difficile a trattare, né piú dubbio a riuscire né piú pericolosa a maneggiare, che farsi capo di introdurre nuovi ordini. (18) Perché lo introduttore ha per nimico tutte quegli che degli ordini vecchi fanno bene, e ha tiepidi defensori tutti quelli che delli ordini nuovi farebbono bene; la quale tepidezza nasce parte par paura delle avversari, che hanno le leggi dal canto loro, parte delle incredulità degli uomini, e' quali non credono in verità le cose nuove, se non ne veggono nata una ferma esperienza."

„Man muss sich darüber im klaren sein,
dass keine Unternehmung schwieriger ist
und weniger Aussicht auf Erfolg hat,
noch gefährlicher ist in die Hand zu nehmen,
als sich zum Vorreiter neuer Ordnungen zu machen.
Denn wer Neuerer sein will, hat alle als Feinde gegen sich,
die von der alten Ordnung profitieren,
und nur lauwarme Verteidigung von den anderen;
und diese Schwäche stammt zum Teil von der Angst vor den Gegnern, die das Gesetz auf ihrer Seite haben,
und teils von den Zweifeln der Menschen,
die erst dann wirklich an eine Neuerung glauben,
wenn diese durch sichere Erfahrung bestätigt wird."

Ihr werdet es nicht leicht haben. Ihr werdet beschimpft, bedroht und attackiert werden. Und nur mit hartem Verstand, aber heißem Herzen, werdet Ihr all das überwinden. Ihr seid gezwungen, in eine Welt hineinzuwachsen, die zunehmend geprägt wird von

Entmenschlichung und Vereinzelung

Das beginnt im Kindesalter. Eltern haben keine Zeit für ihre Kinder und legen sie vor dem Fernseher ab. Ihr werdet in ein Schul- und Ausbildungssystem verfrachtet, das nur

eine Maschine zur Erzeugung psychisch gestörter Menschen ist.

Wir haben es schon gesagt. Ihr werdet dazu erzogen, wohl funktionierende Roboter in der Menschenmühle der gegenwärtigen Wirtschaft zu sein. Ihr bekommt keine ordentlichen Arbeitsplätze, sondern nur Projektverträge, die Euch keine persönliche und soziale Sicherheit für Karriere und Familiengründung bieten. Das ist alles keineswegs eine wirtschaftliche Notwendigkeit. Das ist beabsichtigt:

Stabilität ist unerwünscht.

Denn mit Menschen, die keine Sicherheit haben, kann man ums Eck fahren. Das sind die Maßnahmen der Machthaber – der Kriminal-Kapitalisten – die nur Macht und Gewinn im Auge haben und sich eine andere Vorgangsweise gar nicht vorstellen können. Nach dem Wort eines klar Denkenden sind diese Machthaber

Gift für unsere Gesellschaft.

Und wie verhindert man, dass Gift in einen Körper dringt und dort Unheil anrichtet? Die Antwort überlassen wir Euch.

Ihr habt allen Grund, unzufrieden zu sein.

Dabei meinen wir nicht allein die materiellen Gründe, obwohl es auch deren genug gäbe. Es handelt sich um einen Mangel, der im Geistigen liegt. Für Euch gibt es auf die Fragen

Wo liegt unsere Zukunft? und: Wie kommen wir dorthin?

Nur eine Antwort:

Verlasst Euch nicht auf andere. Verlasst Euch nur auf Euch selbst.

Und legt die Angst ab. Die Angst, anzustoßen, die Angst, Schaden zu leiden, die Angst, in Worten oder auch tätlich angegriffen zu werden. Lasst Euch nicht in Frust und Hoffnungslosigkeit treiben. Damit zerstört Ihr Euer eigenes Leben.

Denkt an das, was der deutsche Denker Friedrich Hölderlin (1770-1843) gesagt hat:

„Wo Gefahr ist, wächst das Rettende auch."

Auch der amerikanische Präsident Franklin Delano Roosevelt (1882-1945) hat gesagt:

"We have nothing to fear but fear itself."
„Wir haben nichts zu fürchten denn allein die Furcht."

Es waren seine ersten Worte als Präsident der Vereinigten Staaten von Amerika, unmittelbar nach Ableistung seines Amtseides.

Wir bauen hier ein Szenario, das Euch als Ausgangspunkt dienen kann. Den Weg müsst Ihr selber gehen. Das kann Euch niemand abnehmen. Denn,

wenn die Winde der Veränderung wehen, bauen die Zweifler Mauern; nur die Mutigen setzen die Segel zu neuen Kontinenten.

Dürfen wir annehmen, Ihr zähltet Euch zu den Mutigen? Und es genügt nicht die Segel zu setzen. Ihr müsst auch wissen, wo Ihr hin wollt.

Wer nicht sicher ist, wo er hin will, weiß auch nicht, wann er angekommen ist.

Damit müssen wir die Änderungen ins Auge fassen, die sich in der Welt des Geldes ereignet haben:

Früher einmal hat das Geld – und damit das Finanzwesen – der Wirtschaft gedient. Dann wurde es auf einmal zu einer "commodity". einer handelbaren Ware, mit der man durch Spekulation immens reich werden konnte. Mit allen diesen Operationen geht ja keine wirtschaftliche Wertschöpfung einher, Produkte, die erzeugt und verkauft werden, Dienstleistungen, die angeboten und in Anspruch genommen werden können. Ermöglicht wurde das in letzter Linie durch die sekundenschnelle Informationstechnologie – und die Skrupellosigkeit derjenigen, die sich dieser Technologie bedienen. Wisst Ihr, welche Summen jeden Wirtschaftstag weltweit täglich über Staatsgrenzen hinweg verschoben werden? Meldung im Radioprogramm Ö1 am 29-01-2012: Schätzungen sprechen von

drei- bis viertausend Milliarden Dollar.

Das ist ein Vielfaches der Summen, die aus wirtschaftlichen Gründen bewegt werden. Wohlgemerkt: Ihr habt recht gelesen. Jeden Tag, Wirtschaftstag für Wirtschaftstag. Nicht jeden Monat oder jedes Jahr. Jeden Tag! Damit wird die Macht der Finanzbarone immer stärker und niemand hat den Mut, ihnen ganz hart entgegenzutreten.

Die Entwicklung hat erst in den letzten Jahrzehnten alle Grenzen gesprengt. Die Finanzbarone entwickelten die sogenannten „Derivate", Finanztransaktionen, bei denen es zum Beispiel um Wetten geht, ob eine Aktie steigt oder fällt. . . . Es gibt bis heute kein internationales Gesetzeswerk, dass diese Schleichereien abstellt oder in ein strenges Korsett zwingt. Da dies aber nur international wirksam wäre, . . . geschieht nichts, weil sich die Politiker aus Kurzsichtigkeit und Angst vor den Geldmächtigen nicht trauen, etwas Durchschlagendes auf internationaler Basis zu unternehmen.

Wählt Sie ab. Wählt nur Menschen mit Mut. Keine Erbsenzähler. Keine Systemlügner. Keine, die zu feige sind, die Wahrheit zu ertragen.

Da kommt die Frage:
Was will, was kann der Einzelne tun?

Er kann im gegenwärtigen System sehr wenig tun. Er wird einfach ignoriert, und wenn er aufsteht und die Wahrheit spricht, bestenfalls wird er gemobbt und verdammt. Obwohl ein Gutteil der Deutschen der Meinung sind, Thilo Sarrasin hätte die Wahrheit gesprochen, wird er sofort zur Unperson erklärt und aus seinen Ämtern entfernt.

Der Bote wird bestraft, der die böse Nachricht bringt!

Mit seinem Bucherfolg braucht er sich wenigstens keine existentiellen Sorgen machen.

Das Buch von George Orwell, „1984", das vom Super-Überwachungsstaat handelt, ist in der Wirklichkeit schon lange übertroffen worden. Und in der „Farm der Tiere" sagt George Orwell es noch viel deutlicher:

„Alle Tiere sind gleich, aber manche sind gleicher als die anderen!"

Es sind die Tiere – oder Menschen - , die glauben, gleicher als die anderen zu sein, welche die Störenfriede und Tunichtgute sind. Aber der Wert eines Menschen wird nicht nach diesem Diktum bestimmt. Nicht Macht, nicht Geld, nicht Imponiergehabe bestimmen den Wert eines Menschen: Allein sein Charakter: Aufrichtigkeit, Zuverlässigkeit, Moral.

Es sind Indolenz und Arroganz. die am Werke sind.
Und
„Indolenz ist das Ärgste aller Übel, denn aus ihr folgen alle anderen."

Auch dieses Wort stammt von Johann Wolfgang v. Goethe (aus „Hermann und Dorothea").

Indolenz ist manifest, wenn Menschen, einzeln oder in Gruppen oder ganzen Bevölkerungen, eine geistige Schwachstelle haben, sich dessen aber nicht bewusst sind.
Das lässt sich mit einem Zitat zusammenfassen. So wie „Die Buddenbrooks" von Thomas Mann, oder „Die Ahnen" von Gustav Freytag Generationenromane sind, gibt es in England die (auch verfilmte) "Forsythe Saga" von John Galsworthy (1867-1933), Nobelpreis für Literatur 1932. Ein Satz fasst alles zusammen:

"Upstarts never notice. . ."
„Emporkömmlinge merken nie, wenn sie ins Fettnäpfchen treten."

Das letzte Beispiel ist die italienische Ministerin, die vom 750 km langen Tunnel zwischen dem Physik-Laboratorium CERN in Genf und dem zweiten Laboratorium unter den Bergen des Apennin gesprochen hat, durch den angeblich die kleinen Elementarteilchen, die Neutrinos, von hier nach dort fliegen. Jemand in dieser Position muss wissen, dass diese Teilchen fast ungehindert den ganzen Erdball kreuzen, weil sie kaum mit Materie wechselwirken und keinen „Tunnel" brauchen.

Und weil wir gerade bei Italien sind, auch Signor Berlusconi, dieser Till Eulenspiegel, verkündet, Italien werde die Finanzkrise schon meistern. Wohl ist er inzwischen aus der Szene der Macht verschwunden, aber Ende 2012 erscheint sein Nachbild am Horizont.

Das lässt uns an einen gewissen Josef Goebbels denken, von dem der im Untergrund lauernde Volksmund einmal behauptet hat, er hätte gesagt:

„Wir WERDEN siegen, weil wir siegen MÜSSEN!"

Wir alle wissen, wie die Sache ausgegangen ist.

Es wurden und werden in unserer Gesellschaft Menschen nach oben geschwemmt, denen es an Kompetenz und auch an Manieren fehlt. Ernst Grissemann, Sprecher und "The Voice" beim österreichischen Rundfunk, hat neulich in einem Interview die

vollständige Ratlosigkeit der Politiker

gebrandmarkt, die aus ihren Reden und Handlungen manifest wird.

Man sieht ja, was sie zusammenschustern. Und es handelt sich nicht nur um die äußeren Umgangsformen, sondern um die Qualität des Charakters. In der französischen Abendzeitung « Le Monde » war vor vielen Jahren ein kurzer Satz zu lesen:

« Le tact ne se décrète pas . . . »
„Takt lässt sich nicht dekretieren . . . !"

Und zum Thema Takt gehört auch folgender Ausspruch (aus einem Jahreskalender):

Achte auf deine Gedanken,
denn sie werden zu deinen Worten;
achte auf deine Worte,
denn sie werden zu deinen Taten.
Achte auf deine Taten,
denn sie werden zu deinem Charakter;
achte auf deinen Charakter . . . ,

denn er wird dein Schicksal.

Es wird Zeit, Euch einige Wahrheiten zu sagen. Wir hoffen sehr, dass sie offene Ohren finden.

Alles was du tust oder sagst,
Gutes oder Schlechtes,
Freundliches oder Böses,
kommt eines Tages
zu dir zurück.

Andere gering zu achten, ist ein Zeichen moralischer Schwäche: Der Wert eines Menschen bemisst sich nicht nach Reichtum oder Macht, sondern allein nach seinem Charakter.

Andere zu beschuldigen, ist auch ein Zeichen moralischer Schwäche. Denn:

Wer mit einem Finger auf einen anderen zeigt,
zeigt auch auf sich selber. . . . aber mit drei Fingern.

Also: Zeigt nicht auf andere, sondern sucht selber Dinge besser zu machen. Meint nicht, dass ihr ohne Verantwortung für eure Taten ruhig leben könntet. Ihr steht gesichtslosen, amorphen Mächten gegenüber, die schwer zu fassen sind und rücksichtslos alles tun, um ihre Macht nicht nur zu erhalten, sondern auszuweiten, selbst wenn die Wutbürger mehr und mehr auf die Straße gehen, um zu zeigen, dass sie die Nase voll haben.

Manchmal nützt das ein wenig (Stuttgart 21?), manchmal wird geknüppelt (Madrid und anderswo) und in den arabischen Ländern auch geschossen. Und selbst in den USA blockieren die Verwandten der „Indignados" in New York die Brooklyn Bridge und Wall Street, und demonstrieren auch anderswo. Und wir, die „Indignados", oder „Indignati", werden nicht aufzuhalten sein.

Ideen kann man nicht erschießen!

Das hatte sich beim Erwachen des deutschen Nationalgefühls bei der Erhebung gegen die Napoléonische Diktatherrschaft zu Beginn des neunzehnten Jahrhunderts gezeigt.

> „Ihr müsst die Ersten sein", „(. . .) und wer es eben seyn kann, der sey es eben."

Auch das ist ein Wort des Redners an die Deutsche Nation in den Befreiungskriegen, Johann Gottlieb Fichte, aus der vierzehnten Rede, dem „Beschluss des Ganzen". Ebenso gedenken wir des Buchhändlers Philipp Palm (1766-1806), der wegen der Flugschrift

„Deutschland in seiner tiefen Erniedrigung"

auf Befehl Napoléons 1806 in Braunau standrechtlich erschossen wurde.

Wir müssen aber das Wort von den „Ersten" abwandeln: Denn Eure Generation wird die letzte sein, die in Deutschland noch mit Gewicht wird auftreten können. Die Statistik spricht eine ganz eindeutige Sprache und Thilo Sarrazin hat alles ans Licht gebracht. Mit den gegenwärtigen Natalitätszahlen werden in ganz wenigen Jahrzehnten erstens Menschen mit geringem Bildungsvermögen so zugenommen haben, sodass unsere Wirtschaft keine kompetenten Fachleute mehr findet, und es werden zweitens die Spitzenbegabungen fehlen, um Innovation und wirtschaftlichen Fortschritt aufrecht erhalten zu können. Das gilt verallgemeinert für ganz Europa. Und schließlich kommen viele dieser Zuwanderer aus einer ganz anderen, uns fremden Kultur.

Die Gutmenschen, die diese Entwicklung verbissen verherrlichen und fördern, können natürlich gegen Statistik nichts sagen. Also haben sie den Boten verunglimpft, der die schlechte Nachricht gebracht hat. Früher einmal wurden die Bringer schlechter Nachrichten sogar hingerichtet. Nach unserer Meinung hätte Thilo Sarrazin nicht freiwillig von seinem Posten zurücktreten sollen. Er hat nichts Ehrenrühriges gesagt. Nur Fakten und die Konsequenzen daraus unbarmherzig aufgezeigt.

Sollte sich die Natalität und die Zuwanderung so wie gegenwärtig fortsetzen, dann werden die letzten Deutschen, so wie die Ostgoten Alarichs und Theoderichs nach ihrer Zusammendrängung am Vesuv durch den oströmischen Feldherrn Belisar im Jahr 553, eines Tages im Chor sagen können, wie Felix Dahn von den Ostgoten geschrieben hat:

„Gebt Raum, ihr Völker, unserem Schritt; wir sind die letzten Goten. . . ."

Nur die zweite Zeile muss dann ersetzt werden durch

„wir sind die letzten Deutschen. . . ."

Die Lage ist bitter ernst; kein Schönreden hilft dagegen. Und das Schlimmste daran ist: Unsere Gutmenschen und Politiker haben uns das eingebrockt. Sie greifen unser politisches und freiheitliches System an, indem sie, unter ideolügischen Argumenten, eine Kampagne zur geistigen Freiheitsberaubung führen. Dem muss mit den schärfsten Mitteln entgegengetreten werden.

Wenn es den Delikt des

Volksverrates gäbe,
sie wären dessen schuldig zu sprechen.

Und nun zu praktischen Dingen:

Nützt die Social Networks, um Euch zu finden und zu organisieren. Niemand kann Euch das abnehmen, Euch, der jungen Generation, Frauen und Männern.

Denn alle diejenigen, die jetzt schon Jahre oder Jahrzehnte in der Menschenmühle der Wirtschaft roboten, sind bereits zu lange gehirngewaschen. Sie haben nur gelernt, sich an Regeln und Vorschriften zu halten und ja nicht selber zu denken.

Wenn ihnen etwas begegnet, womit sie nichts anzufangen wissen, dann wird es „weitergeleitet" – die ewige Ausrede des Bürokraten. Und das ist die sicherste Art, eine Initiative im Sand verlaufen zu lassen.

Das hängt auch zusammen mit dem zunehmenden Einfluss der Informatik, sprich der Computer, in unserem Leben. Im Grunde ist die ganze Informatik nichts anderes als Realitätsverweigerung und damit auch eine Utopie. Wie es Utopien in der Realität ergeht, haben wir ja am Beispiel Staatskommunismus erlebt. Auch das „E-mailen" wird mehr und mehr zu einer neuen Form des Autismus. Und im Gesamten rollt eine Welle auf uns zu, und besonders auf unsere Jugend. All diese Cyberwelt mit Facebook und Twitter und Genossen ist eigentlich nur eine gigantische Überwachungsmaschine, die Verkörperung des „Ministeriums für Gedankenkontrolle" aus Georg Orwells „1984". Das Ganze führt zu einer Vereinzelung der Menschen und zeigt sich als soziale Krankheiten wie Depressionen oder Burnout.

Wenn das so weitergeht, bricht unsere Gesellschaft zusammen.

Das Ganze läuft darauf hinaus, dass nicht nur Computer versuchen wie Menschen zu denken (da hat es noch gute Weile. . .), sondern dass Menschen anfangen, wie Computer zu denken – nämlich gar nicht mehr. Daher finden wir im wirtschaftlichen, öffentlichen und privaten Leben immer häufiger eine solche Realitätsverweigerung. Ein schlagendes Beispiel dafür sind die häufigen Meldungen in der Presse, Autofahrer hätten sich, blindlings dem „NAVI" vertrauend, auf eine Skipiste, in einen steilen Waldweg oder in sonst eine ausweglose Situation führen lassen.

Lasst Euch von dieser Tendenz und dieser Geisteshaltung nicht verwirren und einschüchtern.

**Bildet überall Bürgerinitiativen,
um den Machthabern auf die Finger zu schauen.
Diktatoren gibt es heute schon in den Dörfern.
Und nennt die Initiativen « *Comités de salut public* ».
« *Citoyens* », Bürger, Ihr wisst, warum.**

Es soll im (ehemaligen) Osten Deutschlands Gemeinden geben, die voll in der gewalttätigen Hand von Rechtsradikalen sind. Auch aus dem Ruhrgebiet werden solche Phänomene berichtet.

**Diese Art von Tyrannei und die zugehörige Einstellung
sind die übelsten Krankheiten unserer Gesellschaft.**

Dazu kommt der absolut unglaubliche Skandal um die braune Mörderbande aus Zwickau und ihre Helfershelfer und Inkompetenten genau in den Quartieren, die im Rechtsstaat für die Bekämpfung und Beseitigung nicht nur dieses Personenkreises, sondern deren Denkweise zu sorgen gehabt hätten. Diese „Neonazis" haben eigentlich mit dem historischen Nationalsozialismus nur die Etikette gemeinsam. Nach unserer Erfahrung wären solche Leute, gleichgültig welcher Farbe, seinerzeit rasch und endgültig von der Straße verschwunden.

Der Verfassungsschutz ist der Situation nicht nur hilflos gegenüber gestanden, er hat diese Aktivitäten zum Teil auch toleriert oder sogar unterstützt. Daher zunehmende Zurufe, den Verfassungsschutz abzuschaffen.

Dieses Phänomen ist eine Krankheit dessen, was die Engländer den „body politic" nennen, die Gesamtheit der strukturierten Gesellschaft. Das Phänomen des Neo-Nazismus wird dadurch gefördert, dass in den Schulen die Geschichte des 20. Jahrhunderts nicht erbarmungslos realistisch dargeboten wird.

Das bedeutet aber auch, dass erklärt werden muss, warum dieser Adolf Hitler zum Messias wurde, zum Erretter aus aller Not und Demütigung. Man schaue sich nur die Photos und Wochenschauen aus der damaligen Zeit an, wie die Menschen mit verzückten Gesichtern auf den Straßen standen und jubelten. Dazu gehört aber auch, dass die Vorgeschichte und die Bedingungen, unter denen Hitler zur Macht kam, vorurteilslos dargestellt werden. Das erklären wir in der Zweiten Rede, im Abschnitt (6), „Der Weg in die Katastrophe – das volle Argument". Erst wenn das klar gemacht wird, kann man erwarten, dass sich bei den (sehr) Spätgeborenen kein Heiligenschein um diesen Hitler bildet. Vor allem muss man auch in Betracht ziehen, was zur selben Zeit in den Vereinigten Staaten vor sich ging:

Die Wahl von Franklin Delano Roosevelt 1932 zum Präsidenten hatte auch eine extrem turbulente Zeit beruhigt, angeheizt durch die Verzweiflung der Menschen, die nach dem „Crash" 1929 alles verloren hatten. Es gab 1932, unter seinem Vorgänger Herbert Hoover den Aufstand der „bonus marchers", der Veteranen des Ersten Weltkriegs, nach Washington, welche die Auszahlung Ihrer Renten „jetzt, und nicht erst 1947", forderten. Der Marsch wurde unter dem Gekreisch der Kapitalisten gewaltsam und blutig aufgelöst.

In Deutschland hat sich Begeisterung auf den Straßen erst wieder ereignet, als Michail Gorbatschow nach Deutschland kam. Aber er hat ja auch etwas gebracht: Die Erlösung aus der Angst vor einem Atomkrieg und die Vereinigung Deutschlands. Ihm gegenüber war die Begeisterung berechtigt.

Ihr Jungen, Frauen und Männer: Deckt Fehlverhalten auf und bringt es an die Öffentlichkeit. Dazu sind heute keine papiergebundenen Schriften mehr notwendig. Heute macht Ihr das im Internet – papierlos. Und das geht auch im obigen Fall der Neonazis.

Geht nur im äußersten Notfall auf die Straße: Und wenn, dann steht oder bewegt Euch schweigend – kein Wort, keine Pfeifen, keine Trommeln. Transparente ja. Wenige knappe Reden. Das macht den Machthabern viel mehr Angst. Und setzt Euch in Bewegung – schweigend. Niemand kann Bürger daran hindern, im öffentlichen Raum dorthin zu gehen, wo sie hin wollen.

Als nächstes vernetzt ihr Eure Bürgerinitiativen und gründet Dachorganisationen. Wenn Ihr stark genug seid, dann gründet eine neue Partei: Und die Zeit drängt. Macht es bald!

**DP. Deutsche Partei. Oder: PfD. Partei für Deutschland.
Oder: PdF. Partei der Freiheit. Oder ganz einfach:
PdH. Partei der Hoffnung. Oder: PdZ. Partei der Zuzkunft.**

**Nicht links, nicht rechts – geradeaus.
hütet Euch vor den linken und den rechten Ideolügen.**

Vom amerikanischen Erfinder und Staatsmann Benjamin Franklin (1706-1790) stammt die Sentenz:

**„Wer seine Freiheit hergibt, um Sicherheit zu gewinnen,
wird schließlich beides verlieren."**

Sinngemäß dasselbe sagte Winston Churchill zu Premier Neville Chamberlain als Kommentar zum würdelosen Kniefall der britischen Regierung in München im September 1938 zur Abtretung des Sudetenlandes an Deutschland durch die Tschechoslowakei:

**"Britain and France had to choose between war and dishonour.
You chose dishonour and you will have war."
„England und Frankreich hatten die Wahl zwischen
Ehrlosigkeit und Krieg.
Ehrlosigkeit haben Sie gewählt. Krieg werden sie bekommen."**

Wie wir heute wissen, hat Churchill nur zu sehr recht gehabt. Diese Weichpolitik des Nachgebens wird "appeasement" genannt, Politik des Einlullens, und wir sehen heute genau dasselbe: Alle unsere Politiker, aber auch fast alle anderen, die im Vordergrund stehen, gehen vor dem Unanständigen in die Knie. Wir sagen mit Absicht „unanständig", denn was ist Feigheit vor dem Feinde anderes? Wieder Winston Churchill:

**"An appeaser is one who feeds a crocodile, hoping it will eat him last."
„Ein "appeaser" ist jemand, der ein Krokodil füttert und hofft, dass er als
letzter gefressen wird."**

Unsere Gutmenschen gehören in dieselbe Kategorie. Die historischen Parteien haben fast alles an Farbe verloren. Sie grenzen sich kaum noch gegeneinander ab, sie leiden an internen Querelen und verlieren Mitglieder. Lasst sie so weitermachen.

„Wer zu spät kommt . . ."

Eure besten Köpfe müssen sich zusammentun, um etwas Neues auf die Beine zu stellen. Das können wir Euch nicht abnehmen. Im gegenwärtigen Parlament sitzen ja in der Mehrzahl Leute, die nicht aus der Lebens- und Wirtschaftspraxis kommen und die Ergebnisse sind dementsprechend.. Wir vertreiben keine Rezepte. Wir können nur Vorschläge machen: Stellt ein ganz einfaches Parteiprogramm auf. Nochmals: Wir machen nur Vorschläge. Zum Beispiel:

Innenpolitik

Das Abendland, und damit Deutschland, sind beide erwachsen aus der fortgeschriebenen geistigen Tradition der griechisch-römischen Antike und aus dem Christentum. Wir halten an deren Grundwerten fest, die uns überkommen sind, ohne irgendeiner der christlichen Konfessionen den Vorzug zu geben.

Wir sehen das Christentum, verkündet von einem Revolutionär, als eine geistige Bewegung, die aufbaut auf den elementaren Aussagen Jesu Christi: „Selig sind . . . "

- **„Selig sind die Armen im Geiste (. . .)";** die den Armen und Schwachen helfen.
- **„Selig sind die, die keine Gewalt anwenden (. . .)";** um Usurpation und Diktatur zu vermeiden.
- **„Selig sind die Barmherzigen (. . .)";** denn ihre Zuwendung wird zu ihnen zurückkommen.
- **„Selig sind die Friedenstifter (. . .)";** denn Krieg ist nur Eingeständnis des Versagens.
- **„Selig sind die, die um der Gerechtigkeit willen verfolgt werden (. . .)";** denn Gewalt ist niemals eine Lösung.

Es gibt noch andere Merksätze aus diesem Quartier:

- **„Wer keine Schuld hat, der werfe den ersten Stein (. . .)";** denn „wer viel geliebt hat, dem kann auch viel vergeben werden."
- **„(. . .) und hättet der Liebe nicht (. . .)";** ein Weg der Empathie gegenüber Mitmenschen und damit ein Weg zu einem neuen Sozialvertrag.

Aber der Sozialvertrag soll auch verhindern, dass es Menschen gibt, die, ohne irgendeinen Beitrag dazu zu leisten, sich aushalten lassen, mit all den negativen Folgen nicht nur für die Wirtschaft, sondern auch für die Sozialstruktur unseres Landes.

Dazu braucht es eine Politik, die mit den nötigen Gesetzen als erstes verhindert, dass wir weiterhin ausgesaugt werden, und zweitens die Rückführung bereits im Lande lebender Nullbeiträger organisiert. Bei einer solchen Rückführung kann Assistenz zum Beispiel im Angebot einer Ausbildung, aber für die Sprache und Situation des Herkunftslandes angeboten werden, hier oder dort, und auch eine Starthilfe nach der Rücksiedlung. Es ist dabei ganz rational abzuwägen, was günstiger ist: Eine lebenslange Rente für Tatenlosigkeit, oder eine begrenzte Hilfestellung, um diesen Zustand zu beenden. Ein solcher Vorschlag löst natürlich bei den Gutmenschen einen Sturm der Entrüstung aus.

Aber als Gegenmittel gibt es eine ganz einfache Frage:

Wollen Sie auch, dass in zwanzig Jahren ein Viertel unseres Volkseinkommens gratis an solche Menschen verteilt wird; und in dreißig Jahren ein Drittel?" Geht das überhaupt? Die Entscheidung muss JETZT getroffen werden. Es genügt der Verweis auf das antike Rom:

Panem et circenses – Brot und Spiele

haben wesentlich zum Untergang Roms beigetragen, denn die Bürger verließen sich mehr und mehr auf den Staat. Soweit zum Thema Sozialpolitik. Im Weiteren:

Wir bekennen uns ohne Vorbehalt zu einer echten Demokratie, in der alle Gewalt vom Volke ausgeht. Sobald wir mit Mehrheit regieren können, werden wir ein Wahlsystem einführen, das dem einzelnen Bürger mehr Möglichkeiten gibt, sich im demokratischen Prozess zu manifestieren, zum Beispiel in einem Wahlsystem, wo nach englischem Vorbild auch Persönlichkeitswahlen in den einzelnen Wahlbezirken viel stärker möglich sind, von Volksabstimmungen ganz zu schweigen. (Auch davon geht jetzt schon die Rede.)

Im englischen Parlament ist es durchaus üblich, dass der Vertreter eines Wahlkreises wegen der Beschwerde eines Bürgers vom zuständigen Minister Intervention einfordert.

Es gibt dagegen das Argument, die Menschen „auf der Straße" seien gar nicht imstande, in komplexen Situationen sachgerechte Entscheidungen treffen. Aber die wirklich Inkompetenten sind die Politiker. Kürzlich wurde laut Spiegel im dänischen Parlament spät in der Nacht mit wenigen Abgeordneten das Super-Projekt des Fehmarn-Schweden-Tunnels durchgewinkt. Noch so ein Super-Projekt wie der neue Berliner Flughafen!

Die Ideolügen, die behaupten, die Menschen seien inkompetent, sollten bei Thomas Jefferson in die Schule gehen, dem Vater der amerikanischen Unabhängigkeitserklärung:

"I know of no safe depository of the ultimate powers of the society but the people themselves, and if we think them not enlightened enough to exercise that control with a wholesome discretion, the remedy is not to take it from them, but to inform their discretion."

„Ich kenne keine sicherere Heimstatt für die höchsten Gewalten der Gesellschaft denn das Volk selbst, und wenn wir glauben, dass die Menschen nicht genügend aufgeklärt seien, um diese Aufsicht mit gesunder Diskretion zu verwalten, liegt das Heilmittel nicht darin, ihnen diese Aufsicht zu nehmen, sondern ihre Diskretion voll zu informieren."

Lange war die amerikanische ein gesundes Vorbild für eine funktionierende Demokratie. Siehe Alexis de Tocqueville (1805-1859), « La démocratie en Amerique ». Gegenwärtig kommen mehr und mehr Zweifel auf, ob das noch stimmt. Hier wie dort: Änderungen müssen von unten kommen, nicht von oben judiziert werden.

Heute werden von CIA und FBI Foltermethoden eingesetzt. Einsatzkräfte beim 09/11 vor elf Jahren (2012), die in der Giftwolke gearbeitet haben, haben bis vor kurzem weder Behandlung noch Kompensation für ihre zerstörten Lungen erhalten, und "Whistleblowers", die Abhörskandale aufdecken, werden erst gefeuert und dann bis in die Krankheit gemobbt, von Guantanamo ganz zu schweigen. Und der FBI sieht „Occupy Wall Street" als terroristische Vereinigung!

Wo bist du, Amerika?

Aber das allerwichtigste Anliegen für Deutschland ist die Hebung der Geburtenrate. Dazu genügt es nicht, mehr Kindergärten und andere Hilfsmaßnahmen anzubieten. Es muss im Deutschen Volk das Vertrauen in die Zukunft wieder geweckt werden. Das gelingt nur mit einer ganz eindeutigen Politik:

Damit Deutschland nicht untergehe.

Wenngleich sich eine solche Änderung wirtschaftlich erst nach zwanzig Jahren auswirkt, wenn die neuen Jahrgänge in das Wirtschaftsleben eintreten, so müssen bis dorthin eben Leistungen und auch Opfer erbracht werden, die durch das Ziel gerechtfertigt sind:

Deutschland darf nicht untergehn.

Das hat mit Chauvinismus oder übertriebenem Nationalismus nichts zu tun. Man hat den Eindruck, dass heute die Einstellung vorherrsche, die geringe Geburtenrate käme sozusagen vom Himmel und man könne nichts dagegen tun.

Aber es könnte auch sein, und das wäre ein teuflischer Gedanke, dass das beabsichtigt ist:

- Von den Bestrebungen, durch die Migration den bekannten Multi-kulti Brei voll durchzumischen.
- Von den Bestrebungen der verantwortungslosen EU, die natürlichen Völker und Staaten Europas zu zerstören.
- Von den Bestrebungen der Übeltäter, Spannungen latent zu erhalten oder auch zu verstärken, um mit den Schwachen nach Belieben verfahren zu können.
- Das heißt aber, dass Innenpolitik und Außenpolitik nicht mehr zu trennen sind, und dies aus gutem Grund.

Es ist nicht abzuleugnen: Seit dem Ende des Zweiten Weltkrieges hat sich die Kluft zwischen Nord und Süd auf diesem Planeten enorm erweitert. Dies wurde zunächst bewirkt durch die Bevölkerungsexplosion in den Ländern des Südens. Dann durch den Wirtschafts-Kolonialismus. In Anlehnung an den amerikanischen Präsidenten Abraham Lincoln (1809 --1865), der angesichts der Sklaverei in den Südstaaten sagte:

"This country cannot persist, half free, and half slave;"
„dieses Land kann nicht bestehen bleiben, halb frei, und halb in Sklaverei,"

sagen jetzt wir:

"This world cannot persist, half rich and half poor."
„Diese Welt kann nicht bestehen bleiben, halb reich, und halb arm."

Wobei das „halb . . . halb" nur eine Kaschierung der tatsächlichen Verhältnisse darstellt. Man spräche besser von „einem Viertel gegenüber drei Vierteln".

Der ganz einfache Schluss besteht darin, dass der Migrationsdruck nur dann aufgelöst werden kann, wenn es in den Ursprungsländern der Migration angemessene Lebensverhältnisse gibt: Versorgung mit Wasser und Lebensmitteln, zureichende Wohnverhältnisse, soziale und medizinische Versorgung und für die Menschen Ziele für ihre Arbeit, um dem Leben Sinn zu geben. Und das geht nur mit einer funktionierenden Binnenwirtschaft und einem funktionierenden Regierungssystem, das auf der Macht des Volkes aufbaut.

Alles das setzt aber auch eine nachhaltige Ausbildung der nachwachsenden Generationen in diesen Ländern voraus. Und zwei Zitate von John Fitzgerald Kennedy sagen das Richtige:

"There is only one thing more expensive than education – no education."
„Es gibt nur eines, das teurer ist als Bildung: Und das ist: Keine Bildung."
Und:
"The human mind is our only resource."
„Der menschliche Geist ist unsere einzige Ressource."

Um diesen Umschwung in diesen Ländern herbeizuführen, ist dort folgendes nötig:

- **Beschränkung der Geburtenraten.**
- **Ende des Wirtschafts-Kolonialismus**
- **Zureichende Ausbildungsangebote.**
- **Aufbau einer autarken Lebensmittelversorgung.**
- **Unterdrückung der Korruption.**
- **Aufbau einer nationalen Binnen- und Export-Industrie.**

Dann brauchen wir keine Migration mehr, und die Menschen können weiterhin in ihren Heimatländern leben und eben auch dahin zurückkehren, wo sie keinem Kulturdruck ausgesetzt sind. Wir werden auf dieses Thema noch zurückkommen.

Heute begegnet uns die Migration mit aggressiven Spitzen, die aber nicht ohne stillschweigende Basis so auftrumpfen könnten. Man darf aber nicht in den Fehler verfallen, zu denken, diese Aggression käme nicht von Menschen, die psychisch schwer gestört sind und sich diese Störungen durch Gehirnwäsche zugezogen haben.

Es handelt sich um Hassausbrüche; und wir zitieren Alphonse Daudet (1840-1897):

« La haine, c'est la colère des faibles »
„Hass ist der Zorn der Schwachen."

Der französische Schriftsteller lässt in seinen „Lettres de non moulin", den „Briefen aus meiner Mühle", eine seiner Personen dieser Geschichte aus der Provence, das sagen.

Es handelt sich dabei im Rahmen unserer Diskussion um eine biopolitische Kriegserklärung an das Abendland. Und dass man sich gegen eine solche Kriegsdrohung nicht mit allen Mitteln nicht nur zur Wehr setzen muss, sondern sie ein für alle Mal beseitigen will, ist wohl das gute Recht jedes Einzelnen, aber auch eines jeden Volkes.

Bei der Zuwanderung handelt es sich aber nicht allein um eine Fluchtreaktionen, sondern um ethnische, biopolitische und kulturpolitische Aggression – und dazu mehr in der Zweiten Rede, Abschnitt (6) „Der Weg in die Katastrophe – das volle Argument" – dann haben wir jedes Recht, uns mit allen verfügbaren Mitteln dagegen zu wehren.

Wir sehen eben unmittelbar, dass es keine rein innenpolitischen Fragen mehr gibt. Auch hier wird die Vernetzung deutlich. Aber darüber hinaus und im weiteren verlangen wir:

- Jeder Deutsche, der sich um ein politisches Amt bewirbt, muss eidesstattlich versichern, keinem Geheimbund wie den Freimaurern oder deren Vorrekrutierungsorganisationen anzugehören.
- Er muss, wie in den USA, bereit sein, seine wirtschaftlichen Verflechtungen einem Treuhänder für die Zeit der Amtsführung zu übergeben. Jeder Mandatar oder Beamte muss seine nebenher laufenden Tätigkeiten oder Geschäfte restlos offen legen.
- Jeder Deutsche in einem öffentlichen Amt darf sich nicht von Lobbyisten einfangen lassen oder als ein solcher agieren.
- Kein Bewerber für eine öffentliche Stellung oder ein Inhaber einer solchen darf an den Bilderberg-Konferenzen teilnehmen oder teilgenommen haben, denn diese riechen nach Geheimbündelei.
- Und schließlich werden wir in Deutschland Ämterkumulation scharf eingrenzen.

Unsere politischen Ziele sind ganz einfach:

- Wir werden die Natalität der Deutschen wieder auf ein Niveau bringen, das den Fortbestand des Deutschen Volkes sicherstellt. Das geht nicht allein durch Maßnahmen, deren es bereits in der Überzahl gibt – ohne etwas zu bewirken – das geht nur, indem wir im Deutschen Volk den Glauben an sich selber stärken.

  Aber wir werden Maßnahmen ergreifen, um Familien mit Kindern das Leben leichter zu machen. Im Wohnungsbau werden immer noch Kastelle und Burgen gebaut, die sich nicht nach außen öffnen. Man kann aber auch Bauten so konzipieren, dass mehrere Familien sich gegenseitig unterstützen können ohne ihre Autonomie aufgeben zu müssen. Das verlangt nach ganz neuen, ungewöhnlichen sozialen Modellen. Wozu haben wir Tausende von Sozialwissenschaftlern? Wenn die nicht imstande sind, diese Probleme zu lösen, sollen sie nach Hause gehen und ihre Hausaufgaben machen.

  Nach unseren Vorstellungen werden wir allen Müttern, die ihre Kinder erziehen, weiterhin diese Zeiten für ihre Pensionsansprüche anrechnen. Das wird ja heute auch schon verwirklicht. (Siehe zum Ganzen den „Spiegel" 6/2013.)

  Aber außer durch das Kindergeld muss auch die Leistung dieser Frauen abgegolten werden. Das ist die beste Investition in die Zukunft. Aber nochmals: Das allein genügt nicht. Es braucht den Glauben an eine sichere Zukunft. Und schließlich kann es auch Förderungskapital für die Ausbildung der nächsten Generation geben. Das ist wichtiger als nur Kinderbeihilfe.

- Wir lösen uns aus dem Würgegriff der internationalen Finanzbarone. Dazu gehört zuerst, die Aasgeier des Kapitalismus, die Rating-Agencies, zu zwingen, ihre Bewertungskriterien vollständig offen zu legen.

- Sollten sie das nicht tun, werden wir ihnen eine Verfügung ins Haus stellen lassen, derzufolge sie in punkto Europa Stillschweigen zu bewahren haben. Bei Androhung von Sanktionen, nämlich Forderungen nach Ausgleich der Schäden und Verluste, die diese Machenschaften hervorgerufen haben. Die Rating-Agenturen sind ja Wirtschaftsfirmen. (Auch das wird bereits gefordert.)

- Weiters werden wir, unter anderem, eine Tobin-Tax (Finanztransaktionssteuer) einführen; auch wenn alle möglichen Unkenrufe dagegen erschallen. Professor James Tobin, Harvard, (1918-2002), Nobelpreis 1972, hatte eine Steuer für grenzüberschreitende Spekulationsüberweisungen bereits damals vorgeschlagen. Denn Präsident Nixon hatte die Goldbindung des Dollar aufgehoben und damit das Nachkriegsabkommen von Bretton Woods außer Kraft gesetzt.

  Durch dieses Abkommen, noch 1944 im Zweiten Weltkrieg verhandelt und beschlossen, wurden die damaligen Währungen an Wechselkurse innerhalb enger Grenzen gebunden.

  Es hatte den Zweck, den internationalen Zahlungsverkehr für Handel und Wirtschaft weniger problematisch zu machen. Damit waren Währungsspekulationen so gut wie ertragslos und es gab sie deswegen kaum.

  Das ganze System war vom US Dollar als Leitwährung abhängig und dieser wiederum an das Gold gebunden. Die Unze Gold zu US $35,00. Kaum zu glauben.

  Das war damals schon so etwas wie der Euro: Nennen wir ihn „Mundo". Er hatte zwar in verschiedenen Ländern verschiedene Namen, wegen der Dollarbindung handelte es sich aber eigentlich um ein- und dieselbe Währung. Auch damals ähnliche Gründe für das Zerbrechen des Systems: die unterschiedliche Wirtschaftskraft der Teilnehmerländer und der Vietnam-Krieg.

Soweit, so schlecht. Das Abkommen kam ins Schleudern, als in den Sechziger Jahren die Inflation in den USA wegen des Vietnam-Krieges stark zunahm und außerdem wegen des Erstarkens der europäischen, besonders der deutschen Wirtschaft, den USA ein großes Außenhandelsdefizit aufgebürdet wurde

Hat niemand daraus gelernt? Offensichtlich nicht. Nämlich, dass man nicht Länder mit ganz verschiedener Wirtschaftsstruktur einfach zusammenspannen kann. Jetzt haben wir den Salat.

Die Weltbank und der IMF (Internationaler Währungsfond) sind die Skelette im Schrank, die Überreste, von Bretton Woods. Sie sind dringend reformbedürftig. Aber sie halten an ihrer alten Politik fest, nur Finanzsysteme zu stützen, aber nicht Volkswirtschaften.
Als Gegenmaßnahmen gegen dieses Chaos etwa:

Mit einer Finanztransaktionssteuer kann der hemmungslosen Spekulation eine Bremse verpasst werden. Früher, vor Präsident Nixon, waren grenzüberschreitende Überweisungen (wenigstens in Europa) bei den Nationalbanken genehmigungspflichtig, und zwar auch die Kleinüberweisungen von Privatleuten. Aber eine solche Steuer von 0,1 Prozent – mehr oder weniger – tut niemandem weh, der nicht Geld alle paar Tage transferiert. Sie muss nur so hoch sein, dass das Unwesen der Spekulationstransfers wesentlich zurückgeht.

- Erst kürzlich wurde ein neuer Datenhighway (ein Glasfaserkabel) von Japan nach Hongkong verlegt, da es bei solchen Transaktionen auf Bruchteile von Sekunden ankäme. Warum hat man Taiwan (Formosa) ausgespart? Mit dem lahmen Hinweis auf die Erdbeben in der Region. Dümmer geht es nicht mehr! Da steckt etwas ganz anderes dahinter!
- Wir sehen den Institutionen des Kriminal-Kapitalismus scharf auf die Finger und wenn nötig, klopfen wir auch darauf; manches werden wir einfach verbieten!
- Wir beharren auf dem Ausstieg aus der Atomenergie, ohne Wenn und Aber.
- Wir werden alles tun, um erneuerbare Energien zum wesentlichen Energielieferanten zu machen.
- Wir werden Nachhaltigkeit in allen Wirtschaftsbereichen fördern. Aber dazu gehört auch Ausbildung von Fachleuten, die in Nachhaltigkeit kompetent sind.
- Wir werden ganz streng gegen die Wirtschaftsfälscher vorgehen, die uns verseuchte Lebensmittel unterschieben wollen oder mit Packungsmogeleien die Bevölkerung betrügen; ebenso werden wir vorgehen gehen die Lügenpropaganda der Pharmaindustrie für Heilmittel, in der alles Nachteilige verschwiegen wird.
- Wir führen die EU aus der Überbürokratisierung und zurück zum Europa der Vaterländer; und, wie gesagt, das ist ein geistiges und kulturelles Prinzip, kein machtpolitisches und verwaltungstechnisches! Die klammheimliche Förderung der „Regionen" durch die EU mit gleichzeitiger Unterdrückung der Volksstaaten wird beseitigt. Regionen an sich sind ja nicht etwas Schlechtes. Im Gegenteil. Aber sie können nicht als Ersatz für Völker und Staaten dienen. Den Machthabern ist die Förderung der Regionen natürlich recht. Denn alle diese Regionen haben ja kaum politisches Gewicht. Man kann mit ihnen nach Belieben verfahren.
- Wir werden den Brüsseler Wasserkopf soweit reduzieren, dass die dortigen Autokraten nicht mehr auf solche abstrusen Ideen kommen wie die Krümmung der Essiggurken, oder die Traktorensitze oder die Sparlampen.
- Wir verlangen, wie das Frederick Forsyth (siehe oben) tut, dass die Machthaber in Brüssel dem Volk gegenüber direkt verantwortlich gemacht werden.

- Wir reduzieren die Macht der Brüsseler Autokratie, indem wir das Subventionsunwesen abschaffen und Förderungen national erledigen, bestenfalls mit einer Koordinierung. Damit reduzieren sich die Zuwendungen an den Apparat der EU um ein ganz Erhebliches; Subventionen sind eigentlich nur das Eingeständnis fehlerhafter Politik.
- Wir werden das Bildungs- und Ausbildungssystem von Grund auf erneuern, Aus einer Maschine des Zwangs und des Druckes muss eine offene Methode der Vermittlung nicht nur von Wissen, sondern von Lebenskompetenz werden.
Trotzdem, und im Rahmen des Gesamtsystems, muss wieder erreicht werden, dass die Grundschule die elementaren Kompetenzen voll vermittelt: Lesen, Schreiben, Rechnen, lokale und regionale Geographie und Geschichte.
In den höheren Schulen muss Bildung angeboten werden in den Bereichen des Funktionierens des autonomen Rechtssystems und der Real- und Geldwirtschaft; ebenso wie in Bereichen der sozialen Kompetenz, wie Streitkultur oder Beziehungspflege.
- Aus demselben Grund werden wir Maßnahmen ergreifen, um „älteren" Menschen die Möglichkeit zu bieten, ihre Erfahrung in geeigneter Weise einzusetzen.
- Und wir werden erbarmungslos gegen die Drogenmafia angehen, um unsere Jugend vor dem Ruin zu retten. Auch sie ist Teil des bösen Machtapparates.
- Und um alles das realistisch umsetzen zu können, braucht es eine Arbeitsatmosphäre, wo nicht einer unter vier Mitarbeitern in den „Burnout" fällt. Das ist ein Verbrechen gegen die Persönlichkeit der Menschen und ein Verbrechen gegen die Allgemeinheit und darüber hinaus Dummheit von Seiten der Wirtschaftsführer.

Nichts ist teurer als ein Tag Krankenstand oder Arbeitslosigkeit.

Und als Zeichen alles dessen, was wir soeben gesagt haben, besinnen wir uns auf die große Geschichte und die Traditionen unseres Volkes und singen wieder die

erste Strophe des Deutschlandliedes.

Die Kritik daran, die behauptet, der Vers „Deutschland, Deutschland über Alles . . ." sei ein Anspruch auf Weltherrschaft, ist von Leuten aufgebracht worden, die erstens böswillig waren, die zweitens kein deutsch konnten und drittens keine Geschichte gelernt haben.

„Ich liebe dich über Alles," sagt der junge Mann zu seinem Mädchen, und das heißt nur, dass er sie höher in seiner Achtung hält als alle anderen. Er will ja nicht alle Frauen unterjochen und schon gar nicht seine Partnerin.

Und dann haben diese Ideolügen nicht die nächste Zeile im Deutschlandlied gelesen:

„ (. . .) wenn es stets zum Schutz und Trutze brüderlich zusammenhält."

Wie kann ein Volk, das sich zum Schutz seiner selbst zusammenfindet, Welteroberungsgelüste haben? Und wenn ein Franzose „zum (. . .) Trutze" mit « attaquer » („angreifen") übersetzt, ist das nur der Beweis für Böswilligkeit, mangelnde Deutschkenntnisse und historische Indolenz. Meine Herren und Damen Ideolügen, lasst euch etwas besseres einfallen. Nehmt Rat bei dem österreichischen Staatsmann Bruno Kreisky: Lernt Geschichte!

Wisst Ihr, welche blutrünstigen Passagen die Marseillaise enthält?. Nur einige:

« Allons enfants de la patrie (...) »	„Auf, Kinder des Vaterlandes (...)"
« les feroces soldats (...) viennet jusque dans vos bras egorger vos fils, vos compagnes. »	„Die grausamen Krieger, (...) sie rücken euch auf den Leib, eure Kinder, eure Frauen zu köpfen."
« Qu'un sang impur abreuve nos sillons. »	„Das unreine Blut tränke unserer Äcker Furchen."

Findet Ihr im Deutschlandlied auch nur irgendetwas Vergleichbares?

Außerdem, als Hoffmann von Fallersleben dieses Lied 1841 verfasst hat, wäre jeder, der von Herrschaftsgelüsten der Deutschen geredet hätte, einfach verlacht worden. Meine Herren und Damen Ideolügen, gebt zu, dass alle Propaganda gegen das Deutschlandlied nichts als ein Hassgesang ist. Soweit zum Thema Deutschlandlied.

Unsere weiteren Punkte für ein Parteiprogramm:

- Jeder, der Mitglied Eurer Partei werden will, muss das Parteiprogramm anerkennen. Als Mitglied kann er natürlich auch kritisch im Rahmen eines demokratischen Prozesses dazu Stellung nehmen und Änderungen bewirken.
- Jeder, welcher der Partei beitreten will, muss auch bereit sein, für die Zukunft Deutschlands Opfer zu bringen.
- Zur Zeit der Deutschen Befreiungskriege, zu Anfang des neunzehnten Jahrhunderts, gaben die Menschen ihren privaten Goldschmuck als Beitrag zur Befreiung, und das unter dem stolzen Spruch:

Gold gab ich für Eisen.
Auch die Stiftung des Eisernen Kreuzes stammt aus jener Zeit.

Das ist nicht als Aufforderung zu sehen, sondern als Beispiel. Vor allen Dingen: Ihr Jungen, Frauen und Männer, haltet die große Linie, verliert Euch nicht in Querelen. Denkt immer daran:

Deutschland darf nicht untergehn.

Außenpolitik

- Als allerersten Punkt haben wir folgendes vor, nach reiflicher Abwägung der Pros und Kontras: Wo immer in der Welt und wann Terroristen Deutsche entführen, werden wir den Ausnahmezustand verhängen.

Wir behalten uns vor, entsprechende Maßnahmen in die Wege zu leiten, sollte sich die Notwendigkeit ergeben.

- „Gegengeiseln" kann ein Rechtsstaat nicht nehmen; aber man kann Sanktionen gegen jene Institutionen setzen, die in diem betreffenden Land die Macht haben.

- Wir verlangen den Abzug aller Besatzungstruppen aus Deutschland. Nur das Kommandozentrum der NATO, unter 200m Fels, („The Cave") darf bleiben.
- Außerdem müssen die zwanzig noch in Deutschland gelagerten Atombomben verschwinden. (Bild Zeitung, 8. November 2012)

Wir erwarten unabhängig von unseren Erfolgen, dass Europa und Deutschland die einmalige Chance wahrnehmen, gleich drei Probleme auf einmal zu lösen.

- **Problem Nummer 1:** Die wirtschaftlichen, sozialen und politischen Probleme in den heute revolutionären Ländern vor der Haustüre Europas. Die Menschen dort wollen Demokratie. Aber Demokratie allein bringt noch keinen Wohlstand.

Dazu braucht es nicht nur eine florierende Wirtschaft, sondern auch (junge) Menschen, die genügend ausgebildet sind, um produktiv arbeiten zu können und denen auch bewusst ist, dass das bedeutet, jeden Tag von früh bis spät kräftig zu arbeiten. Gerade an diesem fehlt es aber!

Das heißt aber, dass von Europa ein entsprechender Marshall-Plan durchgeführt werden muss. Und das allerwichtigste: Die Lehrkräfte, die dazu aus Europa kommen, sind jene Immigranten, die hierzulande bereits eine solide Ausbildung genossen haben.

Dazu genügen aber nicht allein finanzielle, politische und administrative Maßnahmen, sondern die Akzeptanz eines Gesellschaftsbildes, das sich nicht rein auf eine Religionslehre stützt, sondern das sich bewusst zur

Wissensgesellschaft

entwickelt. Nur eine solche hat in der heutigen Welt eine Überlebenschance.
Das ist allerdings eine extreme Herausforderung an diese Länder.

- **Problem Nummer 2:** Jetzt können wir zu den Migranten sagen: Jetzt, wo es in euren Heimatländern wieder läuft, geht dorthin zurück. Dort seid ihr keiner Ablehnung oder auch Lebensgefahr ausgesetzt und könnt euch frei entwickeln.

Den Anarchisten in Berlin-Neukölln wird das wenig zusagen, aber sie müssen wir als erste zurückschicken. Was sie in ihrer Heimat erwartet, ist ihr Bier.

Man hat uns gesagt, es gäbe neben integrationsunwilligen Zuwanderern auch solche, die sich z. B. in der Kleinwirtschaft als Unternehmer etabliert hätten „und ohne die unser Versorgungssystem nicht funktionieren könne." Niemand bestreitet das. Aber was wir brauchen, sind sehr gut ausgebildete Fachleute, vom Industrietechniker bis zum Konzernchef, die imstande sind, unsere Spitzenwirtschaft auch an der Spitze zu halten.

Wir müssen imstande sein, diese Spitzenposition nicht nur zu halten, sondern in der internationalen Konkurrenz zu verbessern; sonst ist die Folge unwiderrufliche wirtschaftliche Stagnation, und damit Armut und schließlich soziales Chaos. Das bedeutet aber das Ende Deutschlands (und Europas).

Und solche Menschen gründen ihre Kompetenz nicht nur auf eine Wissens-Ausbildung, sondern auf ihre Einbettung in die Vertretung der Werte, welche die Grundlage der europäischen Kultur bilden. Wir müssen sie nicht aufzählen.

- **Problem Nummer 3:** Und dann starten wir noch ein Jahrhundertprojekt:
Die Wiederaufforstung rund um das Mittelmeer. Das ist ein arbeitsintensives Projekt, das Menschen auf Jahrzehnte absorbiert. Und sonst Arbeitslose könnte man als Begleitmaßnahme auch noch nachschulen, dabei „an der frischen Luft".

Nicht einmal die Große Mauer könnte mit diesem Projekt verglichen werden. Und es würde alle Länder nördlich und südlich des Mittelmeeres mit einbinden . Nur am Rande: Das brächte auch eine Verbesserung des Klimas.

Zu den Verflechtungen auf internationaler Ebene:

- Wir fordern und werden durchsetzen die strenge Trennung der Wirtschaftsbanken von den Spiel- und Spekulationsbanken.
    Auf diese Weise wird verhindert, dass die Wirtschaft und die Staatsfinanzen durch die Verantwortungslosigkeit der Spieler und Spekulanten in Gefahr gebracht werden. Die Trennung hat es ja in den USA schon gegeben und diese Trennung wurde kurzsichtigerweise 1999 unter Bill Clinton abgeschafft.
- Den Gedanken Jean Zieglers folgend, werden wir alles unternehmen, um Spekulationen mit Grundnahrungsmitteln zu verbieten. Begrenzte Schwankungen der Preise – z B. auf Grund unterschiedlicher Ernten – können nicht ganz vermieden werden. Aber Preismanipulationen lediglich zum Zwecke des Spekulationsgewinns sind mehr als ein Verbrechen – sie sind eine Sünde, um das Wort aus der Bibel hervorzuholen.

Weiters gehen wir mit den Tempeln des Raubtierkapitalismus um. Wir behalten uns vor:

- **Die Beibehaltung der Mitgliedschaft in der EU.**
- **Die Beibehaltung der Mitgliedschaft in der WTO.**
- **Die Beibehaltung der Mitgliedschaft im IMF.**
- **Die Beibehaltung der Mitgliedschaft in der Weltbank.**

Wir halten diese Mitgliedschaften nur aufrecht, wenn folgende Bedingungen erfüllt werden:

- Für die EU : Wenn die Politik der EU deutlich auf Machtabbau und ein Europa der Vaterländer gerichtet ist (Machtabbau bedeutet nicht Abbau von Kompetenz, denn daran fehlt es sowieso am gröbsten in der EU). Auch England denkt an Austritt.
- Für die WTO : Wenn die Transportfreiheit des Welthandels nicht für klare Absurditäten missbraucht wird, nämlich dass in den Schwellenländern Erdnüsse für den Export angebaut werden, aber die Bevölkerung von ihrem Land vertrieben wird und Hunger leidet oder Trauben aus Brasilien nach Europa gehen.
    Wir wenden uns mit aller Stärke gegen den heute praktizierten Landraub in den hilflosen Schwellenländern.
    Wir werden Sanktionen entwickeln, mit denen solche Entwicklungen abgestellt werden und sich nationale Wirtschaften zum Besten ihrer Bevölkerungen entwickeln können, indem diese Menschen geschult werden und ihnen Mikrokredite zur Verfügung gestellt werden..

- Für den IMF : Wenn Kredite an Staaten nicht allein vergeben werden, um das Finanzsystem zu stützen, sondern vor allem, um eine gesunde Binnenwirtschaft zu entwickeln.
- Für die Weltbank: Hier gilt dasselbe wie für den IMF: Wenn Kredite an Staaten nicht allein vergeben werden, um das Finanzsystem zu stützen, sondern vor allem, um eine gesunde Binnenwirtschaft zu entwickeln.

Ähnliches vertreten wir in bezug auf die NATO.

- **Wir behalten uns die Beibehaltung der Mitgliedschaft Deutschlands in der NATO vor.**
- **Wir halten auch diese Mitgliedschaft nur aufrecht, wenn folgende Bedingung erfüllt wird:**
- **Wenn die Besatzungstruppen von deutschem Boden abgezogen werden, auch wenn die britische Regierung damit Probleme hat.**
- **Außerdem: Wenn keine atomaren Waffen in Deutschland gelagert oder einsatzfähig bereitgestellt werden.**

Und für alle diese Bedingungen gilt das chinesische Sprichwort:

„Spanne den Bogen, aber schieße den Pfeil nicht ab; gefürchtet bist du am mächtigsten."

Nur auf diesem Wege kann Deutschland wieder die Position erreichen, die es halten muss, um als Nation und als Volk bestehen zu können.

Nochmals: Wer den Kopf neigt, lädt zu weiteren Nackenschlägen ein.

Wir haben es nicht nötig,

- **Mit gesenktem Kopf, das heißt, mit einem Eingeständnis von Schwäche dazustehen.**
- **Uns dauernd verunglimpfen zu lassen und als die Bösen dargestellt zu werden.**
- **Schamlos als der Goldesel der EU ausgenützt zu werden.**

Wir können nicht akzeptieren,

- dass unsere demokratischen Institutionen und Traditionen systematisch ausgehöhlt werden.
- Dass wir von den Gutmenschen mit ihrem Multi-kulti-Wahn dauernd zurechtgewiesen werden, wie wir uns devot und in Untertanenmentalität gegen Unkultur und Arroganz verhalten sollten.
- Dass nicht nur unsere junge Generation, sondern auch die Älteren, dauernd in sozialer Unsicherheit leben müssen, weil die Großkonzerne mit Menschen wie mit einer „Ressource" umgehen.

Wir werden es durchsetzen,

- **Dass in der Wirtschaft nicht allein der Profit das Maß aller Dinge ist, sondern die soziale Leistung für das Allgemeinwohl. Und das Allgemeinwohl wird in erster Linie an der Entspannung im sozialen Klima gemessen.**
- **Dass an unseren Schulen und Hohen Schulen nicht nur typische „organization men and women" herangezüchtet werden, sondern verantwortungsvolle « citoyens », Bürger, nicht Roboter, von denen das Wort geht, sie füllten gerade einmal einen „slot", einen Schlitz, in einer Organisation.**
- **Dass jede ordentliche Arbeit ordentlich bezahlt wird. Auch die Arbeit des Müllmannes muss ordentlich gemacht und ordentlich bezahlt werden.**

Menschen, die nach den oben vertretenen Grundsätzen handeln, haben im Allgemeinen eine breite Ausbildung und eine reiche Lebenserfahrung. Solche Menschen sind natürlich für "Organization People" nicht nur eine Herausforderung, sondern eine Gefahr. Denn diese "People" riskieren natürlich, in ihrer Inkompetenz bloßgestellt zu werden und ihr Gesicht zu verlieren. Die Gefahr wird immer größer, dass wir als Gesellschaft nicht mehr die Kompetenz aufbringen, die notwendig ist, um mit der Komplexität unserer Welt fertig zu werden. Wer aber glaubt, auch ohne Kompetenz nach oben kommen zu können, dem sei ein kleiner Satz gesagt (Aus "The Peter Prescription"):

„**Auf der Leiter des Erfolgs kann man schon Sprossen überspringen – aber nur hinunter.**"

Notiert die vorletzten Entwicklungen in der Euro-Krise 2012, vor dem Präsidentenwechsel in Frankreich: Die Bundeskanzlerin hatte Frankreich an der Leine!

Das ist ein erstes Zeichen für den Umschwung!

Fazit

Lasst Euch nicht einschüchtern. Orientiert Euch an den Geschehnissen der Vergangenheit und der Gegenwart und zieht daraus die richtigen Schlüsse. Denn

**ein Volk, das seine Vergangenheit vergisst,
verliert auch seine Zukunft.**

Genau so, wie jeder einzelne Mensch aus der Tradition seiner Familie, aus den prägenden Ereignissen in der Familiengeschichte geformt, – bewusst oder unbewusst – sein eigenes Leben gestaltet, so müssen das auch ganze Völker tun. Die Geschichte und Vergangenheit Deutschlands wird, besonders in den Schulen, sträflich vernachlässigt. Nicht nur, dass den jungen Menschen über Hitler und den Nationalsozialismus nicht klar und einfach die Wahrheit gesagt wird, es wird auch über andere Perioden der deutschen Geschichte geschwiegen. Warum wohl?

Es sind immer noch die Sieger, von denen die Geschichte geschrieben wird.

Wir möchten hier die Aufmerksamkeit aller Deutschen auf ein kleines Land richten, das heute im wesentlichen als friedliches Land des Tourismus geschätzt wird.

Nord- und Süd-Tirol.

Dreimal in der Geschichte hat dieses Land Deutschland ein Beispiel gegeben: Das erste Mal, als es sich 1809 gegen die französisch-bayerische Unterdrückung erhob. Das war das Signal, dass französische Truppen besiegt werden konnten, ein Fanal für die Deutschen Befreiungskriege. Das zweitemal, als 1915 nach dem Vertragsbruch und dem Überfall Italiens auf Österreich die gänzlich von Truppen entblößte Südgrenzen Tirols und Kärntens von den Standschützen Jahrhunderte alter Tradition, aber ganz besonders von Freiwilligen verteidigt wurde. Kein italienischer Soldat stand bei Kriegsende auf Tiroler Boden. Und wer waren die Freiwilligen? Die ganz Jungen und die ganz Alten. Der Älteste war über achtzig, und die jüngsten vierzehn und fünfzehn. Frauen und Mädchen brachten ihnen Verpflegung. Sie zogen in den furchtbaren Hochgebirgskrieg, wo Steinschlag, Lawinen, Schneestürme und Kälte noch gefährlicher waren als die Gegner. Sie wussten, dass keiner von ihnen sicher war, zurück zu kommen. Aber gegen einen hinterhältigen Gegner waren sie alle von Begeisterung ergriffen, die aus dem Grunde des in seiner Ehre herausgeforderten Landes kam. Und sie sangen:

„ (. . .) **und kommt der Feind ins Land herein,**
und sollt's der Teufel selber selber sein.
Es ruhen unsere Stutzen nicht,
bis einst das Auge bricht,
bis einst das Auge bricht."

Als letztes schließlich haben sich die Tiroler um 1960 mit dramatischen Aktionen gegen die Unterdrückungspolitik der Italiener empört. Viele leiden noch heute als Folge der Repressalien. Erst danach konnte eine tragende Autonomie durchgesetzt werden.

Niemandem wünschen wir, dass er in einen blutigen Krieg ziehen müsse. Aber Ihr jungen Männer und Ihr, junge Frauen, zieht in einen Kampf, der mit geistigen Waffen ausgetragen werden muss: Es gilt Standfestigkeit, Zähigkeit und Ehrlichkeit. Begeistert Euch wie die jungen Menschen von damals.

Beginnt damit!
Beginnt damit heute!
Nicht erst morgen!

Setzt Euch hin und kontaktiert Eure Freunde. Heute.
Und vereinbart eine erste Zusammenkunft.
Von dort aus geht es weiter.
Und dann wünschen wir Euch nur eines:

Dranbleiben. Nicht locker lassen. Dann kommt der Erfolg.

Und noch etwas ganz wichtiges:
Könnt Ihr Euch auch noch begeistern?

Wir haben es einmal erlebt:

In einem großen Ferienhotel in Kreta gab es abends eine Band und Tanzmusik. Da kam ein Paar, die Partnerin mit einem weiten Flamenco-Rock, der Tänzer kein zweiter Arnold Schwarzenegger, sondern klein, mit Glatze, und zu dick. Aber wenn das Paar auf die Tanzfläche ging, räumten alle anderen das Feld und sahen zu. Warum?

Die Perfektion beruhte darauf, dass die beiden das, was sie taten, mit Kompetenz UND Begeisterung getan haben.

Begeistert Euch, aber nicht im Rausch eines Pep-Talks (Verzeihung für das „Denglisch"), sondern ehrlich und im Grunde für unseren führenden Gedanken:

Deutschland muss weiterleben.

Dazu gehört, dass man den Sinn seines Tuns erkennt, und da gibt es die Anekdote von den drei Maurern. Jemand kommt an einem Bau vorbei und fragt die Maurer, was sie denn da täten: Der erste sagt: „Ich mache die beste Mauer, und ich werde gut bezahlt." Der zweite sagt ähnliches. Der Jemand fragt den dritten Maurer, was **ER** denn da mache? Und die Antwort ist unerwartet: Der dritte Maurer sagt nicht ‚ICH', sondern

„WIR, meine Arbeitskollegen und ich, wir bauen eine Kathedrale!"

Und das ist der Unterschied! Der Dritte hatte den Sinn seines Handelns erfasst.

Stellt Euch vor, auch Ihr würdet eine Kathedrale bauen, nicht notwendigerweise aus Granit, sondern aus Euren Gedanken und Wünschen. Was Ihr nur fest genug wünscht, kann eines Tages

Wirklichkeit werden: wir sind wieder EIN VOLK.

Dass wir es nicht vergessen: Die Wende war eine vollkommen unblutige Revolution. Das soll uns Deutschen erst einmal jemand nachmachen, uns, den als gewalttätig und grausam verschrieenen Deutschen. „Das ganze Deutschland soll es sein".Wir finden Weisheit für die Zukunft auch aus China und auch bei Ben Yaëtz, deutsch-israelischer Aphoristiker:

„Nur wer den Gipfel des Berges erstiegen, vermag in die weiteste Ferne zu schauen."

„Nur dem Weitblick eröffnet sich der kürzeste Weg."

Auch Ihr sollt den Gipfel eines Berges ersteigen, und das geht nur, wenn Ihr steigt wie der Bergsteiger, der Schritt vor Schritt setzt, um den Gipfel zu erreichen, und die Freude des freien Rundblicks, um dann, von der Höhe herab, den kürzesten Weg zu finden,

so müsst Ihr Schritt vor Schritt setzen, um Euren Gipfel zu erreichen, um dann mit den Worten von Frederick Forsyth sagen zu können:

„Ich bin Deutsche(r), und ich schäme mich nicht dafür. Ich möchte in einem souveränen, demokratisch regierten Staat leben. Und außerdem möchte ich mein Heimatland wiederhaben."

Schämt Euch nicht dafür, sondern seid stolz auf unsere lange historische Vergangenheit.

Seid aber auch stolz auf unsere gegenwärtige Stärke. Noch vor kurzem hat man von der „Achse" Berlin-Paris gesprochen, obwohl der Terminus „Achse" ja politisch vorbelastet ist.

Wer zahlt, schafft an!

Und schon heißt es in Frankreich « l'Europe germanique ». Nicht Deutschland, Frankreich müsse es tun! Aber bei dieser Achse lag der Motor in Berlin. Inzwischen ist diese „Achse" schon wieder Vergangenheit, denn sie hat sich nicht als „Merkollande" weiter entwickelt. und beim Gipfeltreffen im Juli 2012 hat man Frau Merkel übel mitgespielt. Es ist wohl der Aufstand der Mittelmeerländer gegen den Norden:

„Im Norden weiß man zu arbeiten, aber im Süden weiß man zu leben – auch auf Kosten anderer."

Daher kommt heute die Angst der europäischen Länder vor der neuen Macht Deutschlands, wohlgemerkt nur Wirtschaftsmacht. Dazu darf man die Operette Ralph Benatzkys „Im Weißen Rössl" zitieren: „Was kann der Sigismund dafür, dass er so schön ist. . . .?" Was können die Deutschen dafür, dass sie es einfach besser können? Das Motto sollte sein: Nicht „Angst haben", sondern „besser machen!" Sollten die anderen Länder aber nicht eher Angst vor China haben? Dieses Thema lassen wir auf ein andermal.

Aber, junge Männer und junge Frauen, in allem, was Ihr tut, denkt daran,

in Eurem Tun mit heißem Herzen, aber kühlem Verstand zu werken.

Wie bei Harry Belafontes "Island in the Sun" soll „der Hoffnung Glanz und der Freiheit Licht" (Katarina Valente) Euch bewegen, die geistige Freiheit Deutschlands zu gewinnen.

Es geht nicht nur darum, dass Ihr einseht, was richtig ist. Ihr müsst Euch fragen:

Wofür stehen wir ein? Was ist uns vor allem anderen wichtig?

Sind das Wünsche wie nach dem neuesten SUV, nach dem größten Flachbildschirm, nach Urlaub auf den Seychellen oder im neuesten Wellness-Tempel? Oder geht es Euch darum, ein Deutschland zu schaffen, in dem jeder zum Wohlergehen aller beiträgt, wo jeder sich gefordert fühlt, sein Bestes zu geben, zu eigener Ehre und zur Achtung aller Mitbürger?

Es ist allein Eure Entscheidung!
Trefft sie nicht leichtfertig!

Denkt daran, dass wir alle zusammen Verantwortung tragen für die Zukunft. „Nach mir die Sintflut" ist sträflich kurzsichtig und eine der Haltungen, die von unseren gegenwärtigen Macht-Un-Menschen gefördert wird. Zum Schluss holt Euch Rat bei einer weisen Frau: Aus dem Motto zu Marion Gräfin Dönhoff, „Politische Portraits, Gestalten unserer Zeit":

„Es gibt eine merkwürdige Dialektik zwischen Macht und Ohnmacht, die bewirkt, daß die Mächtigen zur Stabilisierung ihrer Macht oft zu Mitteln greifen, die gerade das Gegenteil provozieren, und die den Ohnmächtigen, vor denen sie schließlich angstvoll zu zittern beginnen, Kraft und große Souveränität verleiht."

Und nun wünschen wir Euch nur noch Eines:

Auf gute Verrichtung. Glück auf.

(5) Wie wird es weitergehen? Zusammenfassung und Fazit

Wir rekapitulieren das Wesentliche:

Alles hängt davon ab, inwieweit sich die Deutschen der Gefahr bewusst werden, der sie entgegengehen. Wir sind davon ausgegangen, dass historische Ereignisse und Entwicklungen vom Dreißigjährigen Krieg über den Aufstieg Preußens zur Vormacht im Norden Deutschlands, weiters die Periode des Umsturzes der französischen Vorherrschaft in der Folge der Französischen Revolution von 1789 und deren Beseitigung in den Deutschen Befreiungskriegen am Anfang des neunzehnten Jahrhunderts zu einem beispiellosen Aufstieg Deutschlands zu Wirtschafts- und Militärmacht geführt haben.

Im deutsch-französischen Krieg von 1870/1871 wurde dies manifest und hat wegen der Rücknahme der früher deutschen Gebiete links des Rheins zum Phänomen der « revanche » in Frankreich geführt.

Das führte nach dem Ersten Weltkrieg zum Vergeltungsfrieden des französischen Premierministers Georges Clemenceau, der
— Immanuel Kant zufolge —

„ (. . .) mit dem geheimen Vorbehalt des Stoffs zu einem künftigen Kriege gemacht worden."

Nach der chaotischen Periode der Weimarer Republik kam in Deutschland Adolf Hitler an die Macht, und er hat genau das getan, was er in „Mein Kampf" bereits angesagt hatte. Er wollte

- auf Grund der traumatischen Versorgungsnotstände während des Ersten Weltkrieges „Lebensraum" für Deutschland, obwohl er nicht gesagt hat, wo er die Menschen hernehmen wolle, um diesen Lebensraum auch zu besiedeln.
- Er wollte Europa unterjochen und z.B. Frankreich zu dem Land machen, wo die Deutschen – wie „Götter in Frankreich" – als Touristen leben sollten.
- Er wollte mit den Engländern, als Volk der „nordischen Rasse", nicht Krieg führen.
- Er hasste den Kommunismus und seine Verkörperung in Form der Sowjetunion und deren Diktators Stalin.
- Und was das Dümmste war, er wollte die Juden beseitigen – ausrotten (sein Wort). Das ist mit der „Endlösung" dann auch in grauenhafter Weise versucht worden, aber nur zum Teil gelungen.

Es ist fast nicht zu glauben, dass er mit einem so voll unausgewogenen Programm mit allen seinen Absurditäten überhaupt so weit gekommen ist, allerdings nur in die ultimative Katastrophe für Deutschland. Aber ohne diese absolute Katastrophe wäre auch der Neuanfang – buchstäblich bei Null – nicht möglich gewesen. Ein solcher war aber die einzige Möglichkeit, sich von der Vergangenheit zu lösen.

Nun finden wir uns aber in einer Zukunft, die sich ganz anders präsentiert als man in der zweiten Hälfte des zwanzigsten Jahrhunderts anzunehmen Grund hatte.

Deutschland hat sich wohl wirtschaftlich eine Spitzenstellung geschaffen, aber – und das wird nicht gesehen – sie steht auf tönernen Füßen.

Die Herabwicklung kommt ganz im geheimen. Die zentralen Probleme, Geburtenschwund und Migration, dürfen wir nicht auf die lange Bank schieben, und damit etwas versäumen.

Im Fall unserer Probleme dürfen wir überhaupt nichts versäumen. Denn eine zweite Möglichkeit wird es nicht geben. Warten ist nicht möglich. Wir müssen der unerbittlichen Herrin, der Macht der Tatsachen, ins Auge sehen. Das Problem des Geburtenschwundes betrifft nicht nur unsere deutsche Bevölkerung es betrifft ganz Europa. Wir glauben, dass eine starke Führung der Nation imstande sein wird, das Ruder umzustellen und den Menschen in Deutschland die erste Priorität dieses Problems klar zu machen. Und uns alle mit Sicherheit und Zuversicht auszustatten, sodass unser Volk wieder mit Freude in die Zukunft schauen kann. Und dasselbe gilt auch für die anderen Völker Europas.

Aber es braucht Mut, um klare Worte zu sprechen.

Das Problem der Migration hingegen kann nicht von Deutschland – oder Europa – allein gelöst werden. Die Existenz von Parallelgesellschaften, von Migrantenghettos und hoher sozialer Spannungen beweist, dass es bisher nicht, wir wiederholen, nicht, gelöst worden ist. Trotz aller Süßholzraspelei gewisser Kreise. Dazu kommt die aggressive Anmaßung aus diesen Quartieren, innerhalb und außerhalb Deutschlands – und Europas - , die noch viel zu viel ungeahndet weggesteckt wird. Siehe "appeasement". "appeasement" – Nachgiebigkeit – von Seiten der Westmächte hat den Zweiten Weltkrieg ermöglicht.

Unter den zahlreichen großen Religionen – oder Lebensregeln - in dieser Welt ist der Islam heute faktisch die einzige, die sich aggressiv gebärdet, mit dem Vorrecht der Ausschließlichkeit der rechten Lehre und einem extremen Religionsterrorismus, obwohl versucht wird, ihn wegzureden. Dies ist kein Kommentar zur gegenwärtigen Auseinandersetzung mit dem Islam, wie er sich heute präsentiert, sondern ein Kommentar aus dem langen Blickwinkel der Kulturgeschichte. Alle Geschichte der Religionen ist auch Kulturgeschichte und deren Urteil kann sich keine Religion entziehen.

Aber wiederum: Die unerbittliche Herrin, die Macht der Tatsachen. . . . Nirgendwo sonst gibt es eine derartige tödliche Arroganz und geistige Beschränktheit wie im Koran.

Es handelt sich um den Hass derjenigen, die plötzlich erkannt haben, dass sie historisch zurückgeblieben sind. Aber wir haben das Wort schon zitiert:

Hass ist der Zorn der Schwachen.

Dazu nur Beispiele. Weitere gäbe es zuhauf, aber wir wollen kein Sündenregister zusammenzählen. Wir zitieren die Wochenzeitung „Die Weltwoche" (CH), 22. Juli 2012:

„**Ein Belgier marokkanischer Herkunft** (? - unser Fragezeichen, ist das nicht „contradictio in adjecto" oder ein „Widerspruch im Beiwort"), **Fouad Belkaçem. ist Anfang Juni (. . .) verhaftet worden. Unter anderem wird er des Aufrufs zur Gewalt beschuldigt. Er (. . .) ist Anführer der radikalen Gruppe Sharia4-Belgium, von der die Einführung der Schari'a in Belgien verlangt wird."**

In Brüssel gibt es ein türkisches Quartier in der Nähe des botanischen Gartens, das afrikanische oder genauer kongolesische bei der Porte de Namur und jede Menge muslimischer Stadtteile. Es ergibt sich daraus in Brüssel ein Puzzle, nicht eine Synthese. Also in etwa ein „Belgistan". Das wird bestätigt durch die Diskriminierung der Zuwanderer und ihrer Kinder, aber auch durch ihre Integrationsfeindlichkeit.

Der Belgier Peter Calluy, Sozialarbeiter, der Belkaçem seit langem kennt, hat Politiker und Minister schon vor Jahren mit Dossiers versorgt, aus denen hervorging, dass der von „politischer Korrektheit" (unsere Anführungszeichen) vorgeschriebene Multikulti-Ansatz zum Scheitern verurteilt sei. In einem Internet-Video schreitet Belkacem resolut durch einen Park und erklärt, Demokratie sei ketzerisch, da nur Allah Gesetze erlassen könne. Wem das nicht passe, der könne ja gehn. (! - unser Rufzeichen), die belgischen Institutionen würden dereinst so umgestaltet, dass sie islamistischen Anforderungen entsprächen. Ein anderer Rechercheur, Bilal Benyaich, meint allerdings, das Problem des Islam werde sich in zwei Generationen von selbst erledigen. Der Schluss des Artikels lautet, es gehe nicht um Toleranz, sondern um Rechtsstaatlichkeit und die Trennung von Religion und Staat.

Im September 2012 erreichen uns Meldungen aus Österreich, dass in einem Bergdorf ein Clan von etwa zwanzig Afghanen versucht habe, über eine junge Frau nach islamischem Recht zu Gericht zu sitzen, weil sie nicht mehr nach dem Koran leben wollte, sondern so wie alle anderen jungen Frauen in ihrer Umgebung – europäisch. Der Anführer dieses Clans – als „sehr gefährlich" eingestuft, musste mit der Eingreiftruppe der Polizei, der Cobra, aus einem Lokal heraus verhaftet werden.

Das Mitglied des Verfassungs-Komitees Ägyptens, der Salaafist Jassir Barhumi ist der Ansicht, Mädchen dürften mit neun Jahren verheiratet werden. Und in „Time", 8. Oktober 2012, ist zu lesen, dass Mohammed Abdel Rahman sagt:

"It's very simple. We want to have Shari'a in economy, in politics, in judiciary, in our borders and our foreign relations."
„Es ist ganz einfach. Wir wollen Shari'a in der Wirtschaft, in der Politik, im Rechtssystem, innerhalb unserer Grenzen und in unseren Außenbeziehungen haben."

Das Ganze unter dem Schlagwort

„Die Vergangenheit ist die Zukunft".

Das Alles erinnert sehr an die Zustände, die in George Orwells „1984" geschildert werden: Ein „Ministerium zur Gedankenkontrolle" und Schlagworte wie

„Krieg ist Frieden"; „Frieden ist Krieg".

Wissen diese Menschen eigentlich, was sie da sagen und tun?

In Pakistan wird einem Mädchen in den Kopf geschossen, weil es sich für den Schulbesuch, auch für Mädchen, eingesetzt hat. Jeder Kommentar. erübrigt sich.

In Mali sind bisher von den Al-Kaida Fanatikern zehn Schari'a Verstümmelungen durch Abhauen der rechten Hand (und bei einigen auch des linken Fußes) begangen worden. (Süddeutsche Zeitung, 18-01-2012.)

Wer das tut, maßt sich an, sich selber über seinen Gott zu erheben. Wir sehen wenigstens unseren Gott als gütigen Gott, der seine Kinder liebt. Wir sind alle seine Kinder. Wer weltliche Verbrechen begeht, muss weltlich bestraft werden, um am Ende der Strafe wieder ein Mensch zu werden. Wer aber für weltliche Vergehen an Leib und Leben straft, begeht Gotteslästerung, welchen Gottes immer: Verbrechen gegen die Menschlichkeit.

Diesen Propheten muss schleunigst -- wenigstens in Deutschland -- das Handwerk gelegt werden, und zwar auf immer. Anzeige, Anklage, Gefängnis, permanente Abschiebung. Kommen demnächst die letzten Kannibalen – sofern es solche noch gibt – aus dem Regenwald des Amazonas zu uns und fangen an, unsere Mitmenschen zu verspeisen?

Diese Menschen kommen aus einer geistig vollkommen versiegelten Welt. Deswegen sind sie auch nicht imstande, sich an eine andere Kultur anzupassen. Sie wissen nicht, was Sport, zum Beispiel Skifahren ist, und stehen unserer Lebensweise und Denkart vollständig fremd gegenüber. Was macht man da? Die Frage ist nicht leicht zu beantworten. Man hört immer wieder, das seien extremistische Auswüchse und nicht repräsentativ für die übrigen Moslems in unseren Ländern. Aber warum tun diese nichts, um die Extremisten zum Schweigen zu bringen? Meinen sie vielleicht, die Extremisten hätten am Ende doch recht? Oder haben Sie Angst vor ihnen?

Es schlug seinerzeit Wogen: Ein Gorillamädchen wuchs seit 1971 in einer Menschenfamilie auf und lernte MENSCHLICHE Gebärdensprache, auch solche Begriffe wie zum Beispiel „lustig". Bald beherrschte es etwa 1000 Wörter. Sie hatte Anpassungs- und Lernfähigkeit. Sie ist allerdings auch nicht von Mullahs ihrer Intelligenz beraubt worden. Andere Gorillas nannte sie „schwarze Käfer". Francis Pattinson hat im Internet darüber berichtet.

Nur mit weichem Einknicken vor dieser Art Aggression wird die Sache nur noch schlimmer. Denn dann glauben diese Menschen, wir hielten **SIE** für die Herren der Welt und hätten Angst vor ihnen und sähen sie

im Vergleich zu uns als etwas Besseres!

Es ist wohl eindeutig, dass diese obigen irren Vorstellungen von Menschen kommen, die psychisch schwer gestört sind und sich diese Störungen durch Gehirnwäsche zugezogen haben. Es gibt aber viele, die sagen, diese Extremisten stellten nicht den eigentlichen Islam dar, und sie würden auch nichts ausrichten. Diese Weichdenker sollten sich nur daran erinnern, was ein einziger solcher Irrer im 20. Jahrhundert in Deutschland, in Europa, in der ganzen Welt angerichtet hat!

Es handelt sich dabei um eine biopolitische, kulturpolitische und terrorpolitische Kriegserklärung an das Abendland.

Dabei geht es in diesem Dilemma um etwas viel Grundsätzlicheres. Damit zwischen Menschen Verständnis und Resonanz eintreten kann, müssen sie – mehr oder weniger – dieselbe Sprache sprechen. Das bedeutet nicht nur eine benannte Sprache – englisch, deutsch oder arabisch - sondern den beiderseitigen Rückgriff auf kompatible Systeme ihrer elementaren Vorstellungen. Für das Maß der Übereinstimmung gibt es aus der Kognition, einer Sparte der Psychologie, den Begriff der „kognitiven Distanz". Ist die essentielle kognitive Distanz zu groß, wird sich keine zwischenmenschliche Resonanz ergeben. Das wird uns täglich vor Augen geführt. Das Fehlen der kognitiven Resonanz führt dann zu den Exzessen, denen wir auf Tritt und Schritt begegnen. Sie resultieren aus der vollständigen Hilflosigkeit von Menschen, die sich mit ihren Wertvorstellungen in einer völlig anderen Welt vorfinden, keinen Weg hinüber erkennen und mit Gewalt reagieren.

Und dass man sich gegen eine solche Kriegsführung nicht mit allen Mitteln nicht nur zur Wehr setzen muss, sondern sie ein für alle Mal beseitigen muss, ist wohl das gute Recht jedes Einzelnen, aber auch eines jeden Volkes.

Von Hass fanatisierte Menschen sind Argumenten vollständig unzugänglich. Das haben wir aus langer Geschichte gelernt. Deswegen kann dem Terror nur mit äußerster Härte begegnet werden. Aber das Problem der Migration hat einen größeren Radius. Wie schon auseinandergesetzt, gibt die arabische Revolution („Frühling" verharmlost wieder einmal) eine einmalige Gelegenheit, den Trend umzukehren. Nur wenn Europa – oder die Welt – imstande ist, in den Ländern der arabischen Revolution nicht nur demokratischere Regierungen zu entwickeln, sondern auch eine gesunde Binnenwirtschaft plus einer international konkurrenzfähigen Exportwirtschaft aufzubauen, besteht Aussicht, den Migrantenstrom friedlich umzudrehen.

Wer möchte nicht lieber in einem Land leben, wo Gemeinsamkeit von Sitte und Religion besteht, anstelle in einem Land, das gänzlich anders tickt? Es ist dabei zu berücksichtigen, dass nach viel zu zahlreichen Äußerungen aus diesen Kreisen wir tatsächlich unter einer dritten Türken- (und Araber-) Belagerung stehen.

Diese Leute meinen, Europa pfiffe aus dem letzten Loch, und es brauche nur noch einen kleinen Stoß, um es zusammenbrechen zu lassen. Was dort nicht bedacht wird, ist, dass Europas Stärken in seinen geistigen, historischen, und technischen Ausstattungen liegt. Dazu gehört auch die Toleranz, die von diesen Leuten schändlich ausgenützt wird. Ohne diese Stärken verfiele Europa wirklich, wie John Naisbitt 2007 sagte, zum „Disneyland der Welt". Dieses Disneyland hätte dann unter den Migranten nicht einmal die Museumswärter, weil ihnen der Zugang zur europäischen Geschichte fehlt.

Schon jetzt mangelt es an Menschen, an jungen Menschen, Frauen und Männern, die so wie frühere Generationen imstande sind, auf Grund einer soliden Ausbildung in die Wirtschaft zu gehen und dort Kompetentes zu leisten. Das ginge aber nur auf Grund der in Europa – und in Deutschland – überkommenen Grundanschauungen in bezug auf ethisches, moralisches und zwischenmenschliches Verhalten. Leistung kann nur in einer Atmosphäre erreicht werden, wo zwischen den Menschen Resonanzen bestehen. Das Wort ist schwer zu definieren, aber leicht zu verstehen. Im Rahmen dieser Resonanz kann dann diskutiert und gestritten werden. Erst dann ergeben sich klare Lösungen. Und das Prinzip muss, entsprechend jenem im Alten Rom, lauten:

Deutschland darf nicht untergehn!

Wir schließen mit dem Wort des Deutschen Bundespräsidenten Joachim Gauck, des Bürgerrechtlers und Revolutionärs gegen die „sogenannte" DDR:

„Man muss seiner Wahrheit trauen können."
Und wenn man seiner eigenen Wahrheit trauen kann, gibt es nichts, aber überhaupt nichts, was einen umwerfen kann.

Ihr jungen Freunde, die Ihr diese Schrift bis hierher gelesen habt, verfallt nicht in den Irrtum zu glauben, Ihr als Einzelne könntet da nichts tun. Nicht nur Ihr als Einzelne habt diese Schrift gelesen, denn ebenso viele andere haben sie auch gelesen. Außerdem: Jeder, der nicht der Gehirnwäsche der Medien und der großen Konzerne erlegen ist, jeder, der sich die Fähigkeit bewahrt hat, kritisch zu bewerten und zu denken, wiegt viele, hunderte oder tausend der rein im Reflex Denkenden und Handelnden auf.

Deswegen tut Euch zusammen und schwimmt gegen den Strom. Es gilt zu entscheiden:

**Wollen wir uns der Macht und dem Druck der gegenwärtigen Weltordnung widerstandslos ergeben,
oder wollen wir eine neue und bessere Ordnung herbeiführen?**

Folgt nicht den Sirenenklängen der geheimen Verführer, die Euch Drogen unterjubeln, Euch zum Komasaufen animieren, Euch zum Rauchen verführen, Euch mit dem Wort „Selbstverwirklichung" in die Irre führen wollen. Es ist ein Unterschied zwischen „Selbstverwirklichung" und „Selbstbestimmung".

Selbstverwirklichung zielt egoistisch nur auf das eigene Wohlergehen, ohne Rücksicht auf andere; Selbstbestimmung richtet sich auf ein Ziel außerhalb der eigenen Befindlichkeit.

Aber nicht eines, das den Menschen von den Machthabern, von den Medien, von den Managern aufgedrückt wird, sondern jenes, das Menschen aus Selbstverantwortung bewusst auswählen.

Solche Menschen sind für die Machthaber die erste und größte Gefahr: Denn sie lassen sich nicht mehr manipulieren. Vor jeder Selbstbestimmung kommt aber die Selbstbesinnung. Das ist der richtige Gebrauch der Vorsilbe „Selbst-".

**Seid denkstark, nicht denkschwach.
Denkt nach über Selbstbesinnung, Selbstverantwortung und Selbstbestimmung.**

Ihr seid nicht allein. Die Machthaber sind nur ein verschwindender Prozentsatz aller Menschen. Es wäre doch gelacht, könnten die Vielen sich nicht der Wenigen erwehren und ihnen die Macht aus den Händen reißen?

Aber macht nicht den Fehler jener jungen und unerfahrenen Leute, die gleich eine aufmüpfige Partei gegründet und sich dann durch interne Querelen lächerlich gemacht haben und zudem frauenfeindlich sind. Ihr wisst, wen wir meinen. Geht systematisch vor. Betrachtet Euch als verantwortungsbewusste

Bürger, « citoyens »,

**denen es nicht um persönliches Prestige und persönlichen Vorteil geht.
Nehmt in Euren Kreis nur Menschen auf, die sich an Vereinbarungen halten,
voll zuverlässig sind und nicht das Eine sagen und das Andere tun.**

Und denkt immer daran, dass es nicht in erster Linie darum geht, Gesetze, Verordnungen und Vorschriften zu ändern. Es geht darum,

Menschen zum Umdenken zu bringen.

Und zum Umdenken gehört auch, sich mit den anonymen Kräften der Finanzbarone auseinander zu setzen, die ohne irgendwelche Skrupel nur ihre Gier nach Erfolg und Geld umsetzen wollen. Wenigstens in deutschen Banken werden potentielle Anleger noch immer über den Tisch gezogen und für dumm verkauft.

So nicht.

Deswegen stellen wir uns zum Schluss die eindeutige und wichtige Frage:

Worum geht es uns? Worum soll es Euch gehen, Ihr Jungen?

Wir sehen uns nicht einer einzigen Aufgabe gegenüber, sondern einem Komplex derselben:

- **Es geht nicht allein darum, die Geburtenziffer wieder auf eine positive Zahl zu bringen.**
- **Es geht nicht allein darum, wiederholte Finanzkrisen zu verhindern.**
- **Es geht nicht allein darum, den Moloch Brüssel einzubremsen und umzugestalten.**
- **Es geht nicht allein darum, die Wahnsinnigen aus dem islamischen Lager endgültig zum Verstummen zu bringen, indem wir sie Zivilisation lehren.**
- **Es geht nicht allein darum, die aggressiven, arroganten und primitiven Elemente aus der Zuwanderung zu entfernen.**
- **Es geht nicht allein darum, unsere Wirtschaft aus ihrer selbstzerstörenden Verblendung zu retten und der Globalisierung ein tragbares Konzept entgegen zu setzen.**
- **Es geht nicht allein darum, der Umweltzerstörung Einhalt zu gebieten.**
- **Es geht nicht allein darum, die Ausbildung und die Bildung der heranwachsenden Generationen von Ballast frei zumachen und auf das Wesentliche auszurichten.**
- **Es geht nicht allein darum, Menschen mit eigenem Denkvermögen heranzuziehen.**

Es geht um Reform an Haupt und Gliedern.

Es geht uns um Reformen im Bereich des sozialen, des wirtschaftlichen und des politischen Lebens unserer Nation – und Europas. In den letzten Jahrzehnten haben sich in unsere Gesellschaft Lebensformen eingeschlichen, die auf längere Sicht absolut zerstörerisch wirken werden. Diese Lebensformen beruhen auf den Grundannahmen, die seit einiger Zeit dieser unserer Gesellschaftsstruktur zugrunde liegen und die eigentlich großenteils ihre Gültigkeit verloren haben. In ihrer Argumentation wird behauptet: Dass nur jenes Gemeinwesen am besten und ZUM Besten aller funktioniert, das sich auf Regeln gründet, die unbegrenzt fortgeschrieben werden können. Das sind, unter anderem, Regeln der verschiedenen Religionen, Regeln der Staatsraison, Regeln der Wirtschaftstheorien und Regeln des menschlichen Zusammenlebens, die sich auf unbegrenzten Individualismus, auf „political correctness", und auch auf rücksichtslose „Selbstverwirklichung" gründen. Auch hier hilft uns die Systemtheorie: Jedes System muss über eine Komponente verfügen, mit der nicht nur die regelgemäßen Funktionen des existierenden Systems, sondern auch die Regeln des Systems selber geändert werden können.

Das ist immer dann notwendig, wenn sich die Bereiche, in denen solche Regeln angewendet werden, durch welche Einflüsse immer, in ihrer Struktur ändern. Unsere abendländische Kultur hat das schon mehrere Male mitgemacht. Wo aber solche Funktionen fehlen, kommt es zur Erstarrung und in Folge dessen zum Zusammenbruch.

Die Physik des zwanzigsten Jahrhunderts hat viele der Regeln (d. h. der Theorien) der sogenannten „klassischen" Physik" des 19. Jahrhunderts in ihrer Bedeutung relativiert. Aber sie hat sich an ein ganz einfaches Prinzip gehalten:

Dass die Natur verstanden werden kann.

Und dieses Prinzip stammt von den ersten Naturphilosophen des antiken Griechenlands, aus dem sechsten vorchristlichen Jahrhundert. Es hat sich seither voll bewährt.

Damit erhebt sich die Frage, nach welchem Prinzip wir, und Ihr, vorgehen sollen. Es muss einfach, einleuchtend und prägnant sein:

Dass Menschen mit Aufrichtigkeit, Würde und Respekt behandelt werden müssen.

Vergesst nie:

Ihr seid das Volk.

In den Befreiungskriegen wurde das Wort geprägt:

„Volk steh' auf. Sturm brich los."

Auch hier geht es nicht um Sturm im militärischen Sinn, sondern um geistigen Sturm. Baut zu Beginn mit Hilfe lokaler Vereinigungen, den schon genannten „Wohlfahrtsausschüssen", auch « *comités de salut public* » genannt, Eure Erfahrung und Kompetenz auf. Dann geht weiter zur Gründung der Partei der Hoffnung.

Im Jahr 1949, vier Jahre nach Kriegsende, war einer von uns mehrere Monate in England, zuerst in einem Studentenlager auf der Isle of Wight, im Ärmelkanal vor der Stadt Portsmouth. Als das Lager aufgelöst wurde, stellten sich alle im Kreis auf, verschränkten die Hände und sangen „Ould lang syne", das schottische Abschiedslied von Robert Burns.

Wie sah die Welt damals aus? Wie sieht sie heute aus?

Damals: Junge Leute aus ganz Europa, kurz nach dem Krieg:

Feindseligkeit? . . . Null. Nichts. Aber Krieg? Nie wieder!

Europa lag in Trümmern. Es galt, die Ärmel hochzukrempeln und die Ruinen wegzuräumen und alles neu aufzubauen. Es galt auch die Idee eines neuen, und anderen Europa. Das alte hatte ausgedient, ganz. Alle waren voll Hoffnung, Freude und Selbstsicherheit und gingen, um dieses Europa auch zu bauen.

Wie sieht die Welt heute aus: Hassausbrüche ungebildeter und von raffinierten Einpeitschern gehirngewaschener Fanatiker, halsstarrige Diktatoren, deren einer sich vor jungen Frauen fürchtet, blutige Bürgerkriege, Drohungen mit Atombomben – und Gegendrohungen.

Es gibt Länder, die trotz internationaler Besetzung immer noch im Terror leben, Wirtschafts- und Finanzkrisen, die entweder durch extreme Inkompetenz, rücksichtslose Gier nach Geld oder die Feigheit der Politik hervorgerufen worden sind. Ist das so?

Schauerlich! Ist das Alles? Soll das so weitergehen? Wollen wir das hinnehmen?

Und da erhebt sich für denkende Menschen, die noch nicht von den Medien zu willenlosen Zombies gemacht worden sind, eine ganz einfache Frage

War das wirklich nur Inkompetenz und Gier nach Geld?

Sollen wir das wirklich für wahrscheinlich halten? Es ist nicht vorstellbar, dass alle diese Finanzbarone so dumm waren, die Gefahren nicht zu sehen, die in der sinnlosen Überfütterung von Volkswirtschaften mit ungedeckten Krediten lagen. Jeder Mensch mit für fünf Kreuzer Verstand musste das doch erkennen. Und zwangsläufig erhebt sich die nächste Frage:

Steckt da etwa Absicht dahinter?

Und wenn Absicht dahinter steckte, welche denn? „Cui bono?" Wem hilft es? Wer sieht einen Vorteil in der Destabilisierung eines großen Wirtschaftsraumes, wie jenen Europas. Und die Antwort ist ebenso zwangsläufig und nicht von uns erfunden. Leuchtet sie ein?

Die Konkurrenz. Und die ist?

Nun, andere Wirtschaftsräume, die selber mit Problemen zu kämpfen haben. Ihre Plänkler machen sich ja seit einiger Zeit unangenehm bemerkbar: Die Rating-Agencies. Und dahinter stehen die anonymen Machthaber, die in den Bilderberg-Konferenzen mauscheln und zu derer letzten (2012) nicht nur die Mächtigen selbst gekommen sind. Dazu gehörte auch eine (weniger bedeutende?) Journalistin, die auch einmal Europa-Parlamentarierin war. Ein Regierungschef soll sie dort hinein gebracht haben.

Liebe junge Freunde: Wenn Ihr Euch entscheidet, in diese Arena zu treten, um mit den Löwen der Machthaber und Übeltäter zu kämpfen, wisst Ihr, wofür Ihr Euch wappnen müsst:

Auf einen Kampf bis zum Äußersten.

Eure Gegner kennen keinen Skrupel und halten sich an keine Spielregeln. Sie werden Euch attackieren, wo sie nur können, und nicht vor Untergriffen zurückschrecken.

Wappnet Euch. holt Euch Sachkompetenz. Aber das allein hilft nicht. Nur die Überzeugung, aus Not für die richtige Sache zu kämpfen, wird Euch das Durchhaltevermögen geben.

Denn Ihr kämpft gegen einen Moloch, gegen die neunköpfige Hydra, deren Besiegung in der Antike eine der Aufgaben des Herkules war. Wird ihr ein Kopf abgeschlagen, wachsen sofort andere nach. Auch Euer wartet eine Herkules-Aufgabe!

Was Ihr zu hören bekommen werdet, ist das übliche Politikergewäsch: Weiche Ausreden, schwammige Entschuldigungen und verdeckte oder offene Anwürfe oder auch gefährliche Drohungen. Die beste Antwort auf solche Anwürfe ist, genau das Gegenteil von dem zu tun, was der Angreifer erwartet:

Man lächelt ihn freundlich an und sagt: Danke für Ihre Meinung!

Damit fällt der aufgeblasene Ballon in sich zusammen, oder . . . er platzt. Wie hätte das von Thilo Sarrazin bei der Podiumsdiskussion gegenüber Peer Steinbrück gewirkt, der sich dabei absolut inakzeptabel verhalten hat? Nach seiner Wahl sagte er, er wolle „deutscher Bundeskanzler werden". Und dann . . .? Er hat nicht gesagt: „Ich will eine bessere Zukunft für Deutschland schaffen." Format? . . . - keines!

Im Ganzen geht es nicht allein um Anwürfe, Attacken und Verhöhnung. Es geht um unsere Gesellschaft. Wir finden Störungen der gesellschaftlichen Gesundheit auf allen Ebenen:

Schon jeder fünfte Schüler leidet an einer psychischen Störung.
Ebenso viele Menschen im Beruf fallen in einen Burnout.
Politiker geben nicht die Wahrheit zu, wenn sie kritisiert werden,
sie beschwichtigen mit weichen Ausreden.
Manager und Wirtschaftskapitäne schlagen „harte Töne" an,
wenn es um das Arbeitsklima und Beschwerden der Mitarbeiter geht.

Das ist nur eine Auswahl. Man könnte noch viele Punkte hinzufügen. Aber es genügt.
Und da erhebt sich die Frage: Ist das alles Zufall? Muss das so sein? Musste das so kommen? Es gibt gute Gründe anzunehmen, dass dem nicht so ist. Gehen wir fehl, wenn wir davon ausgehen, dass gewisse Kreise Absichten verfolgen, die man nur als destruktiv bezeichnen kann: Nämlich die Tendenz der Machthaber und Übeltäter, durch Destabilisierung des Gefüges der Gesellschaft die eigene Macht ins Unermessliche zu steigern. Ist das die „Neue Weltordnung", die der republikanisch-konservative George Dabbeljuh Bush im Munde geführt hat?

Ist es das, was die Leute, die an der Geheimbündelei der Bilderberg-Konferenzen teilnehmen, im Sinn haben? Ist es das, was in den Konferenzen der Wirtschaftskapitäne in den Aufsichtsräten der Konzerne ausgetüftelt wird? Ist es das, was in den Medien an Meldungen gekocht wird, um die Gedanken der Menschen langsam mit Gerichten zu vergiften, die voll von **„Mentiziden"** sind, Argumenten, die den Geist der Menschen vergiften und willenlos machen sollen. Wir haben aus Tatsachen und deren Analyse den Schluss gewonnen,

dass sehr wohl Gefahren dieser Art drohen.

Dann aber, Ihr die Jungen, wisset, was auf Euch zukommt. Wir sprechen aus Erfahrung:

Die härteste Auseinandersetzung Eures Lebens!

Es handelt sich nicht nur um die Beseitigung von Übelständen, um neue oder verbesserte Gesetze, um die Reglementierung im Dschungel des Finanz-Un-Systems.

Wenn es so weitergeht wie bisher, sind in wenigen Jahrzehnten die Hälfte der Menschen psychisch gestört, die Jugend noch hilfloser und ohne Orientierung, die Wirtschaft am Boden und die Politik chaotisch.

Und das wird nicht nach „Naturgesetzen" verlaufen, wie die Bewegungen der Planeten. Nein, es besteht jeder Verdacht, das werde gesteuert von denjenigen, die Reichtum und Macht haben und beides unbegrenzt steigern wollen. Es geht ums Ganze. Es geht darum, den Menschen neue Glaubensgewissheiten zu vermitteln, und damit zu lernen, verantwortungsbewusst zu handeln, verantwortungsbewusst gegenüber der Umwelt, verantwortungsbewusst gegenüber allen anderen Menschen und vor allem

verantwortungsbewusst gegenüber dem eigenen Gewissen,

damit Ihr Euch jeden Morgen im Spiegel ohne Scham in die Augen schauen könnt.

Und über allem stehen die wichtigsten und unabdingbaren Aufgaben:

Menschen zum Umdenken bewegen;
in Deutschland die Geburtenrate heben.

Das ist und bleibt das wichtigste, denn:

Ein Volk lebt durch seine Kinder.
Ein Volk lebt NUR durch seine Kinder.

Und dann die weiteren Aufgaben, zahlreiche und schwierige:

Gegen Bio-, Kultur- und Terroraggression vorgehen.
Im Gegenzug den revolutionären arabischen Ländern helfen.

Die anonyme Macht der Finanzbarone, der geheimen Drahtzieher
und des Monsters Brüssel brechen.
In der Politik Integrität etablieren,
Lügnerei und Verschleierungstaktik bannen.
Den Tugenden Aufrichtigkeit, Würde und Respekt
wieder ihren Stellenwert geben.
Unser Bildungssystem ausrichten auf Erziehung zu geistig festen,
selbstverantwortlichen und pflichtbewussten Menschen.

In der Wirtschaft statt Profitgier Anerkennung des
Menschen nicht als „homo oeconomicus",
sondern als „homo emphaticus."

Und nun seid entlassen.

Stellt Euch der unerbittlichen Herrin, der Macht der Tatsachen,
und agiert auf der Höhe der Zeit:

Gegen die Arroganz fanatisierter Vergangenheitskämpfer,
Gutmenschen und „Ideolügen".
Gegen die Geldgier und Aggressivität der Finanzbarone.

Für ein Deutschland, ein Europa moralischer Stärke und geistiger
Freiheit.

Nachwort

Als erstes sei allen gedankt, die an dieser Flugschrift mitgewirkt haben. Wir nennen keine Namen.

Welche privaten und Familienhintergründe, Erfahrungen und Bildungsgänge haben zur Arbeit an dieser Schrift beigetragen? Es werden nicht wenige sein.

Es haben beigetragen: Familienhintergründe geisteswissenschaftlicher Familien, die immer deutscher Tradition verschrieben waren; anderweitig Ausbildung und Tätigkeit in der Technik, von Ingenieuren in Elektrotechnik und Maschinenbau; ebenso Ausbildungen und Tätigkeiten in Informatik, den Naturwissenschaften, theoretischer Physik und Philosophie, und im Management. Solche Menschen sind im normalen Wirtschaftsleben eigentlich nicht als Zombies verwendbar, da sie gelernt haben, selber zu denken. Dementsprechend haben sich vielseitige Erfahrungen zu einem klaren Weltbild zusammengefügt, in dem es darum ging, sich von der unerbittlichen Herrin, der Macht der Tatsachen, prüfen und leiten zu lassen. Es kommt dazu als Quelle von historischen Ereignissen und Sachverhalten eine umfangreiche Bibliothek, die wir sorgfältig aufgebaut haben, besonders um zu erfahren, was andere Menschen, auch in der Vergangenheit, zu den immer wieder neuen Problemen, wie wir ihnen heute begegnen, gesagt haben.

Wer gewohnt ist, die Tatsachen des Lebens nicht durch vorgefärbte Brillen, sondern mit dem bloßen Auge zu betrachten, wird unsere Argumentation und unsere Folgerungen verarbeiten und aufnehmen können („nachvollziehen" ist das gegenwärtige Unwort dafür). Aber wer unsere Schrift mit emotionaler Abwehr, Missbilligung und Verachtung gelesen hat, hat nicht begriffen, worum es geht:

Μετανοίετε. Metanoíete.

**Es muss ein Ende sein.
Ein Ende mit Selbsthass, Selbstzerstörung und
Menschenverachtung.
Wir müssen zurückfinden zu
Aufrichtigkeit, Würde und Respekt
im Umgang mit Menschen.
Nicht mehr, und nicht weniger.
Und die Fesseln abwerfen,
die uns auferlegt worden sind.**

Denn alles, was wir hier gesagt haben, fließt aus der Liebe zu den Menschen: Dass es ihnen besser gehe!

Dabei haben wir noch kein Wort gesagt zum letzten Satz von Frederick Forsyth:

„Und außerdem möchte ich mein Heimatland wiederhaben."

Aber dieses Thema lassen wir auf ein andermal.